瀬里奈
瑠伽
Ruka Serina
伊織翼
Tsubasa Iori
葉月葵
Aoi Haduki

「……こ、こらぁ、近くで
見すぎだってば！」

白雪舞音
Main Shirayuki
「友達に疑われたくないから
確認してほしいの」

「これで湊さんのお友達は、
わたしだけなの」

女友達は頼めば意外とヤらせてくれる４

鏡遊

角川スニーカー文庫

24185

CONTENTS

Onna Tomodachi ha
Tanomeba
Igai to Yarasete kureru

プロローグ

「な、なあ、ミナ……ボク、こういうのは……は、恥ずかしいんだけど」

伊織(いおり)はまた、一人称が〝ボク〟になってしまっている。

無意識なようで、本人はまったく気づいていないようだ。

「やっぱり、たまには遊びも趣向を変えないとダメじゃないか？」

「そ、それはそうなんだが……」

顔を真っ赤にしている伊織は、ショートカットの黒髪に白のカチューシャを載せている。

黒を基調としたメイド服姿で、スカートはミニ丈だ。

そんな格好の伊織はベッドの上で両膝をついて座り、壁にもたれて――

「ううっ、普通に制服で見せるなら全然いいけど、これは……きゃっ、太もも撫(な)でちゃダメだって……！」

「こんなの見せられて、お預けは無理だろ」

「そ、そうなのか。それならいいけど……やんっ！」

伊織はミニスカートをめくり上げて、白のパンツを見せてくれている。

湊はめくったスカートの下、太ももをさわさわと撫でているところだ。

伊織の身体は全体に引き締まっていて、太もももほっそりしているが、それでいて弾力があって柔らかい。

いつまでも触っていたいくらいだ。

「も、もう無理……力入らない……これ以上、めくってられない……」

「じゃあ、あたしが代わりにめくってあげる」

「それでは、失礼して私も……」

「わっ！　は、葉月さん、瀬里奈さん……！」

伊織の左右に葉月と瀬里奈が座り、メイド服のスカートをぴらっとめくり上げる。

「うわ、マジで翼くんの脚、形いいなあ。こりゃ、湊も触りたくなって当然かも」

「陸上部だったのですよね。綺麗な脚です……」

そんなことを言っている葉月と瀬里奈も、メイド服姿だ。

葉月はロングスカートタイプ、瀬里奈はミニスカートタイプ。

そして葉月はロングスカートからわずかに覗く足首に、ピンクのパンツが引っかかっている。

瀬里奈のほうは太もものあたりに、白のパンツ。

「今日は私たちが先に……い、一回ずつ楽しんでしまいましたから」

「次は翼くんだよね。湊、じっくり楽しませてあげてよ」

「伊織のメイド服姿だもんなあ。これ、一回や二回じゃ済まないかも」

「ミ、ミナはメイド服がそんなに好きなのか……？」

伊織は、顔を真っ赤にしながら、睨むような目を向けてきている。

怒っているのではなく、恥ずかしすぎてそんな目つきになっているのだろう。

いろいろあったクリスマスが終わり、それから数日。

湊の自宅に葉月と瀬里奈、それに伊織──三人の〝女友達〟が集まった。

そうなると、当然のように湊がお願いして、三人の可愛すぎる女友達にヤらせてもらうという流れになる。

「べ、別に私はヤ──遊ばなくてもいいんだが」

「いや、俺は伊織にもヤらせてもらいたい！　せっかくメイド服を着せるところまで漕ぎ着けたんだから、三回や四回じゃ終われない！」

「回数が増えてるぞ！　だいたい、なんでメイド服が私の分まであるんだ!?」

伊織はきっちりメイド服を着ておきながら、今さらのツッコミを入れてくる。

「この前のメイド喫茶のときに使ったメイド服と、その予備だよ。サイズは……まあ、ちょっとキツそうだけど着れてるじゃないか」

「なぜわざわざ予備まで取ってあるんだ？　む、胸回りがちょっとキツいかも……」

確かに伊織のメイド服は、胸のあたりがはち切れそうになっている。

伊織のほうは、普段は胸を押さえつけるブラジャーを着けているが、実はかなりおっぱいが大きく、Ｆカップだ。

おそらく伊織がＦカップであることを知っている男は湊一人、そのおっぱいを味わったことがあるのは間違いなく湊だけだ。

「ああ、キツいならこうしたほうがいいな」

「きゃっ……！」

湊は、伊織のメイド服の前をはだけて――大きな二つのふくらみを露出させる。

例の胸を矯正するブラは着けていなくて、すぐに弾むようにして胸が飛び出してきた。

ピンク色の可愛い乳首も、丸見えになっている。

「キ、キツくなくても……見るつもりだったくせに」

「今日はＦカップとＧカップとＤカップがまとめて見られるんだからな。見ないわけにはいかない」

「も、もう……やんっ、すぐに吸い始めるんだから、ミナは……！」

伊織はくすぐったそうに身体を反らし――ぽてっとベッドに寝転がる。

たゆんっ、とＦカップおっぱいが大きく縦に揺れた。

「でも、あたしでも羨ましくなるわ、このおっぱい。大きいし形いいし、弾力っていうかハリが凄いかも」

「葵さんは大きさでは勝ってますよね。私の胸なんて惨敗です……」

「ちょ、ちょっと、葉月さん、瀬里奈さん、二人までなにをして……！」

葉月と瀬里奈もベッドの上で伊織の横に寝転んだ。

それから、二人とも手を伸ばして、伊織の胸を持ち上げるようにして揉んでいる。

「あ、おい、葉月、瀬里奈。そのおっぱい、俺が楽しませてもらうところなのに」

「ダーメ。ちょっとはあたしたちにも遊ばせてよ。湊は、スカートの中でいいでしょ？」

「しょうがないな……」

「なにがしょうがないんだ⁉」

伊織が、びっくりして大声を上げている。

「なあ伊織、スカートの中に顔を突っ込んで、じっくり遊びたい」

「ば、馬鹿なことを真顔で頼んでくるな……す、好きにしたらいいだろう」

「マジでか！」

湊はさっそく伊織のスカートを軽くめくり直し、その中に顔を突っ込む。

白いパンツと白い太もも、幸せすぎる光景が目の前にある。

「す、好きにしていいが……三回も四回も私だけだと葉月さんたちに悪いから……」

湊は両手を伸ばして葉月のお尻をメイド服のロングスカート越しに撫で回して。

さらに瀬里奈のミニスカートの中に手を突っ込み、尻に直接触れて揉むようにして撫でる。

「あんっ、湊くん……」

「こ、こら、湊」

「わかってるって」

そんな体勢で三人の女友達の身体をじっくりと味わい――

「湊くん……んっ♡」

湊が身体を起こすと、瀬里奈も近づいてきて唇を重ねる。

「あんっ、今度はおっぱい……ちょっと、いきなり荒いんじゃない？　やん♡」

葉月も身体を起こして湊に寄り添ってきたので、彼女のGカップおっぱいをメイド服越しにぐにぐにと揉んでいく。

「じゃあ、葉月のおっぱい揉んで、瀬里奈とキスしながら――伊織、いいか？」

「い、いいよ……ボクの身体、一回でも二回でも……好きなだけどうぞ♡」

伊織は顔を赤くして、こくりと頷いた。

湊は伊織の身体に上からのしかかるようにして――

スカートの中に今度は手を突っ込み、その下のパンツを摑んだ。

それから、ぐいっと一気に引きずり下ろす。

「あっ……♡」

伊織(いおり)の口から、甘い声が漏れた。

湊(みなと)は下着を下ろすと、再び葉月(はづき)の胸を揉み、瀬里奈(せりな)と唇を重ねながら、伊織のくびれた腰を掴んだ。

可愛くてえっちすぎる三人の女友達との遊び——

楽しすぎて、一回どころか何回ヤらせてもらっても止まれそうになかった。

1　女友達と過ごすお正月

Onna Tomodachi ha Tanomeba Igai to Yarasete kureru

冬休みに入って数日が経ち、大晦日も慌ただしく過ぎて――

「あれ、葉月。着物じゃないんだな」

「湊も思いっきり普段着じゃん。着物なんて窮屈だよ」

「まあ、脱がしたら俺も着せられないしなあ……」

「脱がすこと前提で考えんな」

葉月が、バシッと湊の肩を叩いてくる。

元日の昼、湊は自宅マンションのロビーで葉月と合流した。

ミルクティー色の長い髪、明るい表情を浮かべた美貌。

すらりとしつつも胸は大きくふくらんだ抜群のスタイル。

キャメルカラーのジャケットに黒のインナー、同じく黒のミニスカートにブーツ。

派手な服装がギャルの葉月にはよく似合っている。

「冗談だよ。着物よりこっちのほうが葉月らしいよな」

「でしょ。ま、着物は瑠伽に任せりゃいいよ」

葉月は褒められて嬉しいのか、ニヤニヤと笑っている。

湊は女子の服装を評価するのはまだ慣れないが、こんなときは素直に褒めたほうがいいとわかっている。

「あ、そうか、瀬里奈は正月は着物なのかな？」

「瀬里奈家は親戚が集まるって話だったしね」

「さすが、お金持ちは違うな。そういう習慣があるんだなあ」

年末、友達同士で会って遊んだ際に、瀬里奈は言っていた――

「すみません……私の家、お正月は親戚が集まってずっと忙しいんですよね」

とのことだった。

瀬里奈の家がいわゆる〝本家〟だそうで、日本各地の親戚が集まってくるらしい。

本家の一人娘である瀬里奈は接待に追われるようだ。

「せっかくの正月に働かなきゃいけないのは気の毒だな」

「お金持ちにも苦労があるってことでしょ。ウチも湊も庶民でよかったね」

「まあな」

湊家も葉月家も、正月だからといって親戚一同が顔を合わせたりはしない。

昨年の終わりに仲良くなった伊織翼の場合は――

「実は私の家もだな。親戚は集まらないが、普段仕事ばかりの両親が正月くらいはと、ずっと家にいるんだ」

ということで、伊織も家族と過ごすので遊びに出られないらしい。

ちなみに、自由すぎる穂波麦は唐突に沖縄に旅立ち、南国での正月を満喫中だ。

「俺の男友達もなんだかんだで、正月は捕まらないんだよな」

「あたしも似たようなもんだしね。一人寂しい正月になるトコだった。まあ、湊で我慢することにするよ」

葉月は、またニヤニヤと笑っている。

昨年から長期出張に出ていた葉月の母親は、年末ギリギリに帰ってきたらしい。

さすがに一人娘を正月に放置はしなかったようだが、今日は朝から用事があって出かけていったそうだ。

「実はお母さんがいたら、着物の着付けもできたんだけどねー。ま、瑠伽ほど似合うわけもないし、いいかな」

「葉月だって似合うんじゃないか？」

「へー、さっきから珍しく褒めるじゃん。けど、メイド服ならともかく、着物で瑠伽の隣に並ぶのはちょっとね」

「つーか、瀬里奈は着物で確定なのか？」

「武家屋敷みたいな家だっていうし、着物以外はありえないくらいじゃない？」

「だったら、写真とか送ってほしいよな」

「それそれ。さりげなく要求しとこうかな……って、瑠伽からＬＩＮＥきた！」

「おっ、こっちも」

マンションを出たところで、湊のスマホにもＬＩＮＥのメッセージが着信する。

もちろん、瀬里奈からのメッセージと——写真だった。

瀬里奈［あけましておめでとうございます］
瀬里奈［やっと少し手が空いたのでご挨拶です］
瀬里奈［それとお恥ずかしいですが……こちらも見て笑ってください］

「うわぁ、ガチで似合ってるじゃん！」

「瀬里奈、日本的な美人だもんなあ……着物のモデルみたいだ」

スマホに送られてきたのは、まさに着物姿の瀬里奈瑠伽の写真だった。

長く艶（つや）やかな黒髪を後ろでまとめ、上品な赤色の着物を見事に着こなしている。

「この写真、ＳＮＳに上げたらすっごいバズるだろうね」

「瀬里奈はＳＮＳは情報収集用にしか使ってないからな。絶対アップしないと思う」

湊は以前、瀬里奈本人からSNSは自作PCやガジェットの情報集めのためだけにやっていて、自分ではほとんど投稿しないと聞いている。

「でも、葉月も意外とSNSやってないよな。写真もたまにしか上げてないし」

「おっ？　湊ってば、あたしのSNSチェックしてるんだ？」

「…………」

葉月がスマホから目を離して、肘で湊の脇腹をつついてくる。

友達のSNSくらいは見るに決まっているが、失言だったかもしれない。

「っと、さっさと行こう。まだまだ神社は混んでるから、だいぶ時間かかるぞ」

「下手なごまかし方だなあ……でもそうだね。かなり並ぶだろうね」

湊と葉月は、深夜に年をまたいでお参りする——いわゆる二年参りをしようかとも思ったのだが。

葉月の「めんどくなった」との一言で、元日の昼に初詣に行くことになったのだ。

インドア派で人ゴミが嫌いな湊に異論があるはずもなかった。

そういうわけで、こうして元日の昼過ぎに二人で出かけている。

湊と葉月は近所の神社に行き、予想以上の行列に並んでお参りを済ませ、おみくじを引き、甘酒を飲んで——

「なんか疲れたー。おみくじも二人揃って中吉とか、全然面白くなかったし」

「凶とか、そんなオチよりマシだよ」

神社を出ると葉月はがっくりと肩を落とし、湊はそんな彼女に苦笑する。

葉月はどうも、何事にも面白さを求めている節がある。

「でも、マジで行列長かったなあ。有名な神社でもないのに、正月は人多いんだな」

「そっか、湊はあの神社、初めてだったんだね」

湊は葉月の言葉に頷く。

湊家は、昨年の春に今のマンションに引っ越してきたので、ここの近所の神社は葉月に教えてもらうまで存在すら知らなかった。

「俺、意外とこの辺、まだ知らないんだよなー」

「湊、インドアだもんねえ」

「葉月もそうだろ」

ギャルでいかにもな陽キャオーラを漂わせている葉月だが、意外に家が大好きだったりする。

とはいえ、葉月は外にも普通に遊びに行くし、湊家より先にあのマンションに住んでいたので、近所にも詳しい。

「あ、でも巫女さんいっぱいいたな。小さい神社なのに意外にいるもんなんだな」

「ほー、湊ってば、女子のチェックは怠らないねえ」

「そ、そういう意味で見てたんじゃねぇよ」

葉月にジト目で見られて、湊は怯んでしまう。

「あの巫女さんたちはお正月だけのバイトでしょ。来年、あたしもやってみよっかな」

「巫女さんは茶髪はNGじゃないか？」

「えっ、そうなの!?　今時茶髪ダメなんて……そんな職場が日本にあるんだ……」

「普通にあるだろ。接客業とか、禁止のトコ多いんじゃないか？」

湊は前に見たバイト募集サイトで、意外に〝髪染め禁止〟の注意事項が多いことに気づいていた。

「あー、でもそれなら逆に？　アリかも、アリかも？」

「なんだ、アリかもって」

「いーえ、なんでもないよ」

葉月はなにやら悩んでいたかと思うと、不敵にニヤリと笑った。

またなにか企んでいるようだが、無理に知らなくてもそのうち明らかになるだろう……と湊は深く追及しない。

「それより湊、今日はなんか疲れたから、もう帰ろっか」

「そうだな、今日はどこに行っても人多いだろうからなあ」

インドア派の友人同士で意見が一致し、湊たちは神社から家に直行することになった。

正月にわざわざ出かけたのだから、普通なら寄り道くらいするだろうが、気が置けない仲の二人はそんなことは気にしない。

出かけたければ、好きなときに一緒に行けるのだから。

そうして、二人で自宅マンションの近くまで戻ってくると——

「あ、湊。ちょっとコンビニ寄っていい？」

「俺も小腹減ったなあ。なんか買うか」

昼食は済ませてから出かけたが、行列に並んで疲れている。

今の腹具合では、夕食までもちそうにない。

マンションから百メートルもないところにギャラクシーマート、略してギャラマが一軒ある。

湊も葉月も日常的に通っているコンビニだ。

「いらっしゃいませー」

店内に入ると、眼鏡をかけた男の店員がのんびりとした声をかけてくる。

湊も見覚えがある店員だった。

「コンビニは正月も働かなきゃいけないんだな……」

「瑠伽(るか)の親戚付き合いも労働みたいなもんだよね。あたしらだけ呑気(のんき)に遊んでるの、悪く思えちゃう」

「まさか、無理に用事をつくるわけにもいかねぇしなあ。だいたい、葉月だって夕方には家に戻るんだろ」

「しゃーない。お母さん、しばらく留守にしてたんだし、娘としてサービスしないと」

葉月は、ハハッと苦笑いしている。

「夕方だと、あと二時間もないくらいか。となると――」

「おい、なにを計算してんの、湊？」

「い、いや、今がチャンスではあるだろ？」

湊の家には父親がいるが、葉月の家でなら夕方までに二、三回は楽しませてもらえる。

「待てよ？　そういや、葉月用は残りが三個もなかったかも……」

「クリスマスからこっち、けっこう使ったもんね」

もちろん、葉月にヤらせてもらうときに使うアレのことだ。

最近は使わずに済ませることも多いが、それでも葉月が一番消費量が多い。

特に冬休みになってからは時間を選ばずヤらせてもらっているので、あっという間に減ってしまった。

「一応、このコンビニでも買えるが……」

「ダメダメ。そういう油断が一番ヤバいから。どっか遠くのコンビニかドラッグストアで買ってきてよ」

「わかったわかった」

コンビニの店員は湊がなにを買っても気にも留めないだろうが、自宅からすぐそばの店でアレを買うのははばかられる。

不純異性交遊ではなく友人同士の遊びに使うんです、と言っても残念ながら信じてもらえないだろう。

別にコンビニ店員に言い訳する必要もないが。

「まあ、足りなかったら足りなかったで……どうせ、最後はここかでしょ」

「………」

葉月が赤くなりつつ、自慢のＧカップの胸を片手で持ち上げるようにしている。

まったく葉月の言うとおりで、湊はアレが無くなったからといってヤらせてもらえるなら一回でもチャンスは無駄にしたくない。

「まったく、この男は……新年になっても変わんないよね」

「あー……今年もよろしく」

「どういう意味のよろしく!?」

そんな会話をしながら、湊は肉まん、葉月はペットボトルの飲み物を買ってコンビニを出た。

湊は葉月にも肉まんを分けてやり、冷めないうちにコンビニ前で食べることにした。

「美味い美味い。やっぱ冬は肉まんだよな」

「美味しいけど、お正月は太るから気をつけないと」

「太ったら、遂にGカップからHカップに……？」

「胸の増量を期待すんな！」

「じょ、冗談だよ」

葉月は高校一年生にしてFカップからGカップへの成長を果たした。揉んでいるとずっしり重たいほどで、確かに初めて揉ませてもらったときより大きくなったとわかるくらいだ。

湊は、女子のおっぱいは大きくても小さくても好きだが、葉月の巨乳は特に気に入っている。

もちろん、もっと大きくなるのは大歓迎だ。

葉月の胸はボリュームたっぷり、柔らかくて弾力があり、乳首も可愛い小さ目で、湊が散々舐めたりしゃぶったりしているのに綺麗なピンク色をしている。

「ちょっと、なんか変なこと――つーか、あたしのおっぱいのこと考えてるだろ」

「よし、急いで帰ろう。葉月のおっぱい揉みたいし、挟んでもらいたい……！」

「ストレートすぎ！　あたしの胸、これ以上大きくなったらもっと挟めだの擦れだの、挟んだままくわえろとか言うんだろうね……」

「大きくならなくても頼むだろうな」

「どんだけあたしの胸、好きなの⁉」

湊が葉月の胸をどれだけ気に入っているか——それを言うのはさすがに照れる。

「まあ、言葉にしなくても行動でわかるだろ。いい胸だからこそ、揉むし吸うし、挟んでもらうわけだし」

「挟むのは瑠伽にはできないわけだしね……翼くんもまだ？」

翼くん、というのは伊織のことで——葉月は親しくなった伊織翼を下の名前にくん付けで呼ぶようになっている。

「あー、伊織も余裕で挟めるだろうな。胸に出したことは何度もあるんだが……」

「あるんだが、じゃねーよ。翼くんにヤらせてもらうようになって、まだ何日も経ってないでしょ。なのに何回ヤって——って、コンビニの前でなんの話してんの、あたしら」

「あ、そうだった。早くおっぱい——じゃない、家に帰らないと」

「もう欲望しか頭にないじゃん。なんか、あたしも挟んであげたくなって……って、湊、ちょっと、あれ」

「ん？」

湊は肉まんの最後の一口分を飲み込みながら、葉月が向いている方向を見た。

「誰だ、あの人？」

一人の女の子が、コンビニの裏手から出てきたところだった。

まず、派手なピンク色の長い髪が目を引く。

女の子は、そのピンク色の髪を黒いリボンで結び、ツインテールにしている。

ブラウスも同じく派手なピンクで、黒のミニスカートをはき、足元は厚底の靴。

顔はやや垂れ目で柔和な雰囲気でありつつ、目鼻立ちはかなり整っている。

容姿といいファッションといい、相当に目立つ女の子だった。

「あー、ネットで見たことある。なんだっけ、地雷系とかいう……」

「こらこら、人によっちゃいい言葉とは思わないかもよ？」

「そ、そうなのか」

湊（みなと）は女子のファッションには疎いというより、まったく知らない。

ただ、確かに「地雷」はあまりポジティブな響きの言葉ではない。

「ま、好きで地雷系名乗ってる子もいるけどさ」

「葉月（はづき）グループには地雷系っていないだろ？」

「ウチにはいないけど、友達の友達だと何人かいるね。たまに会ったりするよ」

「へぇ……顔が広いよな」

陽キャの葉月は、湊とは比べものにならないほど交友関係が広い。

「あの子さ、ギャラマの店員さんなんだよ。前に何度かレジで見たよ」

「俺は初めて見たかも」

湊は、コンビニに限らないが店員の顔はあまり見ていない。

他人に興味がないわけではなく、見知らぬ人と目を合わせるのが苦手だからだ。

陽キャや優等生と友達付き合いしていても、湊が陰キャであることに変わりはない。

「そもそも、ああいう服装の人、リアルで見たのも初めてだなあ。実在したのか……ってレベルだ」

「そう？　あたしは普通に街中でも見かけるけど」

「俺と葉月は行動範囲が違うんだろうなあ……」

湊はあまり、繁華街のような人の多い場所には行かない。

「あ、ちょっと待て、葉月」

「なによ、あんた可愛い子見たらすぐに――って、なにしてんの、あれ？」

葉月も気づいたようだった。

コンビニの裏手から出てきた少女の前に、男が一人立っていた。

男は茶色のキャップをかぶり、黒のジャンパーを羽織っていて、かなり大柄だ。

その男は少女の前に立っている――というより、距離が近すぎる。

少女の行く手を遮っているかのようだ。

しかも少女の肩を摑むようにしていて、彼女はその手から逃れようとしている。

どう見ても友好的な関係とは思えない。

「うわ、なんかヤバそうじゃん。湊、ちょっと待ってて。あたし、行ってくるから」

「おまえこそ待て！　いやいや、無茶すんなよ！」

湊は慌てて、歩き出そうとした葉月の肩を摑む。

葉月は陽キャグループの女王で、女子にも慕われるタイプだ。

困っている女の子がいたら放っておけないのだろうが――腕っ節が強いわけでもないので、危なっかしい。

「俺が行ってくるから。葉月はここで待っててくれ」

「えっ？　湊、大丈夫？」

「まあ、なんとか――」

湊は別に正義漢ではないし、トラブルに首を突っ込むタイプでもない。

だが、女友達に危険な真似をさせるくらいならガラにもないことも厭わない。

湊はすたすたと歩いて、地雷女子と男のそばまで近づき――

「おい、そこの男、やめろ！　その子から離れろ！」

「あれっ？　思ったより強めにいった？」

待機せずについてきた葉月が、湊の後ろでツッコミを入れていた。

湊も腕っ節にはまったく自信がないが、舐められたらなにもできないだろう。

湊には強気に出るくらいしか、大柄な男に対抗する手段はない。

「な、なんだ？　誰だおまえ、関係ないだろ！」

「おまえこそ、その女の子と関係あるのか⁉」

「メチャメチャ圧強いじゃん、湊……」

また葉月が呆れているが、湊は気にしない。

「し、白雪ちゃんと僕は付き合ってるんだよ！」

「えっ？」

白雪と呼ばれた女の子が、わかりやすく驚いた顔をする。

「つ、付き合ってない！　付き合ってないもん！」

「だそうだ。よし、通報」

女の子が激しく首を横に振ったのを見て、湊はスマホを取り出した。

ハッタリではなく、本気で警察に通報するつもりだった。

「や、やめてくれ！　僕、今度通報されたら逮捕される！」

「何度やらかしてんだよ、おまえは！」

湊がツッコミを入れたときには、大柄な男は既に逃げ出していた。

体格に似合わず、逃げ足はずいぶんと速い。

「……殴りかかってこられなくてよかった」

「湊、それを言わなきゃかっこよかったのに」

「そうかな」

むしろ、最後の一言があってこそ自分ではないか、と湊は思う。

葉月も苦笑いしているので、似たようなことを考えているのだろう。

「っと、それより。大丈夫……でしたか？」

湊は地雷系ファッションの女の子——白雪と呼ばれていた女子に敬語で話しかける。

彼女は湊と同い年くらいに見えるが初対面なので、タメ口ははばかられる。

突然絡んできた湊に驚いたのか、彼女は目を大きく見開いてぽかんとしていたが——やがて、こくりと頷いた。

「あ、うん。大丈夫、別になにも……」

「触られたりしてない？　なんなら、警察一緒に行くよ？」

葉月も白雪のそばに行って肩を叩き、心配そうに声をかけている。

「うっ、ギャ、ギャル……」

「ん？　なに？」

葉月は聞こえなかったようだが、湊の耳には届いてしまった。

どうやら白雪は、ギャルからの圧を感じているようだ。

「い、いいえ、なんでもないの。ありがとうございました」

彼女は、ぺこぺこと何度も頭を下げてきた。

ファッションは派手だが、割とおとなしい性格なのかもしれない。

「でもあいつ、大丈夫かな？　まだどっかに潜んでるとか……」

「葉月、この人が怖がるだろ。いらんこと言うなよ」

「あっ」

葉月は自分の失言に気づいたらしい。

とはいえ、こういう場合は疑り深いほうがいいのかもしれない。

「ただ、葉月が言うこともっともだ。あのさ、よかったら家の近くまで送ろうか？」

「う、ううん。本当に大丈夫」

白雪は、小さく首を横に振った。

「それより、ごめんなさい。変なことに巻き込んじゃって……」

「気にしない、気にしない。あいつ、思ったよりヘタレだったけど、マジでまだ気をつけたほうがいいと思うよ？　こっち二人いるし、こいつは一応男だし、やっぱ家まで送ったほうがよくない？」

「い、いえ、ウチ、ここから近いので……」

「そうなんだ。でも、大通り行ったほうが安全だよ」

「う、うん。そうします」

「そうだ、連絡先交換しようよ。なんかあったら、すぐ連絡して」

「えっ？　あ、はい」

すげぇな葉月、と湊は内心かなり驚いていた。

たった今会ったばかりの相手と連絡先を交換するとは。

湊だったらたとえクラスメイトが相手でも、出会って五分で連絡先は交換できない。

葉月がコミュ力が強すぎる陽キャだということを、久しぶりに思い知った気分だった。

「あ、ありがとう。それじゃ……」

白雪はまたぺこぺこと頭を下げると、小走りに去って行った。

湊と葉月はその場に立ったまま、なんとなく彼女を見送って――

「ふーん、白雪舞音……可愛い名前だね」

葉月がスマホを見ながら、つぶやいている。LINEの登録名を確認しているらしい。

「白雪舞音か。可愛いのは見た目だけじゃないんだな」

「こら、湊」

「痛っ」

葉月が突然、湊の頬をつねってきた。

「可愛い女の子を見るとすぐこれだ。あんた、また友達になるつもり？」

「そ、そんなわけないだろ。もう二度と会わないかもしれねぇし……」

「ここのコンビニの店員って言ったでしょ。また会う可能性、充分すぎるじゃん」

「それもそうか……」

　これまで湊が白雪を見たことがなかったのは、偶然だろう。

　自宅マンションのすぐそばのコンビニのバイト店員なのだから、また顔を合わせる可能性のほうが高いくらいだ。

「つっても、さすがに湊もコンビニ店員と必要以上に仲良くはならないか」

「当たり前だろ。店で顔を合わせても、向こうは仕事してんだしな」

「湊、そういうトコは一歩引くもんね。むしろ仲良くなるのを避けるくらいだし」

「俺って意外と気を遣うんだよ」

「えー、それはどうかな～」

　葉月は、じとっと半目で湊を睨んでくる。

　隙あらば頼み込んでヤらせてもらっている身としては、あまり強く反論もできない。

「ま、いいや。それはそれとして……せっかく、着物は避けたんだし……早く帰ろ」

「今日は葉月だけだしな。ずっと葉月だけにヤらせてもらうなら、残り三個じゃ全然足りねぇよな。コンビニ戻って買い足すか」

「ツッコミどころが多い！　アレはどっか遠くで買ってこいっつーの！　なんかあたしも恥ずかしい！」

「それに……まあ、もし足りなかったら……いいからさ。最後におっぱいに……何度でもいいよ」

「………」

葉月は顔を赤くして、さっさと歩いて行ってしまう。

二人きりで〝遊べる〟チャンスを、葉月も楽しみにしてくれているようだ。

それなら――湊も葉月の期待に応えて、喜ばせてやるべきだろう。

湊が葉月とともにマンションに戻って三十分後。

葉月は愛猫のモモの様子を見るために、湊家の二階上にある自宅へと戻っていった。

湊が、熱いお茶をすすりながらぼんやりとスマホをいじっていると。

「じゃっじゃーん！」

「……じゃーんって」

突然、リビングのドアが開いて葉月が飛び込んできた。

湊は驚いて、危うくカップを取り落とすところだった。

ミルクティー色の長い髪はそのままだが、さっきと服装が変わっている。

「なんだ、それ……巫女衣装か？」

「そう！　実はこっそり買ってあったんだよね！」

葉月は、くるっと一回転してみせた。

白衣に緋袴と、ごくオーソドックスな巫女衣装だった。

多少、生地がぺらぺらに見えるのはコスプレ用だからだろう。

「……なるほど、なんかノリで買ってみたが、いざ着るとなると恥ずかしくて放ってあった。ただ、着るなら正月の今しかないから思い切って着てみたわけか」

「全部見抜くな！　あんた、あたしのこと理解しすぎじゃない⁉」

葉月が単純だからだ、と湊は思ったが説明しなかった。

親しき仲にも礼儀あり。言葉には気をつけるべきだろう。

「というか、なにを企んでるのかと思えば……巫女さん衣装のまま一回ヤらせてくれ！」

「呆れるのかお願いするのかどっちかにしてくんない⁉」

葉月は怒っているのか照れているのか、顔を真っ赤にして叫んだ。

「ヤ、ヤりたいのはわかってるけどさ、その前に言うことあるんじゃない？」

「葉月、可愛いな。ああ、清楚な巫女さん衣装も似合いすぎるくらいだ。葉月、背も高いし、ビシッと決まってる。こんなの押し倒し待ったなし」

「最後に変なの付け加えんな！　もう……意外にがっつり褒めてくるじゃん……」

葉月はますます照れて、緋袴に差していた紅い扇子を取り出して顔を隠してしまう。

小道具まで用意しているとは、意外に細かい。

「せっかくの正月だしな……俺も巫女さんにヤらせてもらいたい」

「バチ当たるよ、あんた」

「それはどうかな……」

なんちゃって巫女さんと、なんちゃって巫女さんにヤらせてもらいたい男。

どっちが罪深いだろうか……と、湊は考えてしまう。

「まあ、遊びだしな。本職ってわけじゃないし、いいだろ」

「そ、そうだよね。あたしもたまには清楚系の衣装着たいだけだしね」

「うん、遊びなら着たいものを着りゃいいんだよな」

「わっ、わっ、近い近い」

湊が葉月に近づいてまじまじと眺めると——葉月は、圧に押されるようにしてリビングのソファに座り、ころんと横になった。

「ああ、これで見やすくなった。前のロンスカメイド服も似合ってたし、茶髪でもギャルでも清楚な服も似合うんだなあ」

「巫女さんは、黒髪じゃないとダメって言ったよね。でも、ガチの巫女さんじゃないなら茶髪巫女もアリだよね」

「むしろ新鮮で黒髪よりいいかもしれない。バチ当たりな感じが余計に興奮するかも」

「それはマジでバチ当たるんじゃ……こ、こらぁ、近くで見すぎだってば！」

葉月は扇子で口元を隠しながら、恥ずかしそうに唸っている。

「あれ、葉月……もしかしてノーブラか！」

「い、今さらノーブラで喜ぶの⁉」

湊は、じぃっと白衣の前を凝視する。

ソファに勢いよく横になった弾みで、白衣の前がはだけて胸がなかば見えている。

しかも、ブラジャーを着けていなくて、Gカップのおっぱいがほとんど丸出しだ。

それどころか、ピンク色の乳輪まで——

「す、すっごいおっぱい見てきてる…なんかさあ、コスしてるときっていつもより恥ずかしいんだよね……」

「その恥ずかしがってる葉月がエロくて、俺には最高なんだが」

「なにもかも楽しむじゃん！　も、もう……」

葉月は湊の視線から逃れようと身をよじり、さらに白衣の前がはだけてしまう。

ぴんっと飛び出すようにして左胸のピンク乳首が現れる。

「おお……巫女服からこぼれてる乳首、エロすぎる……」

「あんっ、こらっ、つまむな……す、吸ってる……！」

湊はその左乳首をきゅっとつまんでコロコロと転がしてから、ちゅーっと吸い上げた。

何度味わっても葉月の乳首は不思議に甘く、美味しい。

「はぁ……着物だと下着つけないのは都市伝説で、実はつけると思ってたが……」

「この巫女衣装、前がはだけやすいんだよね……すぐブラが見えるから外してんの」

「コスプレ用だからかな……」

むしろ、〝そういう用途〟のために販売されているのでは、と湊は疑う。

「え、じゃあ下も？　ノーパンのクラスメイトって興奮するな……」

「ば、馬鹿！　し、下は……自分で確かめてみたら？」

「よし、許可が出たから袴をめくって、葉月がパンツはいてるか確かめさせてもらう！」

「長々と説明しなくていいっつーの！」

葉月は、じろっと湊を睨み、それでも緋袴をめくりやすいように体勢を変えてくれる。

湊は緋袴の裾をつかみ、ぐいっと持ち上げて――

「おお、ちゃんとパンツはいてるな。巫女さんが下に黒のエロいパンツはいてるの、すっげー興奮する！」

「はいててもはいてなくても興奮するよね、湊は！」

緋袴の下には、すらりとした脚、白い太もも、それに――黒のレースのエロいパンツが隠されていた。

湊はすべすべした太ももを撫で、その黒いパンツにも軽く触れてみた。

「ふぁんっ♡　もう……み、巫女さんにも遠慮なくお触りすんの……？」

「触らせてもらって……いいよな？」

「もう触っておいて……す、好きにしたら？　言われなくても好きにするだろうけど」

「ああ、もちろん」

湊は、ちゅっと葉月にキスして。

それから、緋袴を掴んでいた手を葉月のおっぱいに這わせ、両方の胸を両手で同時に揉んでいく。

片方だけ剝き出しになった左のおっぱいは乳首をきゅっとつまんで引っ張り、右の胸は白衣越しにぐにぐにと揉む。

「このGカップも、巫女さん服越しだといつも以上に興奮するなあ……」

「あたしの身体で、興奮しすぎなのよ、あんた……んっ、おっぱい揉みすぎぃ……はっ、あんっ、ダメぇ……♡」

葉月はソファの上で身体をよじり、胸を責められる快感に甘い声を上げている。

湊は葉月にキスして、さらに左乳首にもキスして、強く吸い上げていく。

「巫女さんにえっちなことしすぎだってばぁ……♡　ダメだけど……ダ、ダメじゃないっていうか……あんっ、二人でバチ当たることしちゃおっか♡」

「ああ、もっと……」

湊は、緋袴の中にするっと手を滑り込ませる。

手探りで、さっき見た黒のエロパンツを摑み、ぐいっと一気に引き下げる。

「あんっ、結局ノーパンの巫女さんになっちゃったよ、あたし……♡」

「ノーブラ、ノーパンか……世界一エロい巫女さんだな」

「ば、ばーか。あんっ、パンツ脱ぎかけにしないの珍しいよね……」

湊は脱がしたパンツを、そのまま床に放り捨ててしまう。

いつもなら下着は太ももか、足首に引っかけておくが、今日は長い緋袴で隠れてしまうくらいなら完全に脱がすほうがいいだろう。

「あ、あのさ……湊、今日は巫女さんにすっごい興奮してんじゃん……三個は明日のために残しとく？」

「そうだな、明日もヤらせてもらうし、そのときのために置いておくか」

つまり、葉月は今日は着けずにヤらせてくれるようだ。

瀬里奈ほどではないが、葉月も伊織よりはなにも無しでヤらせてくれることが多い。

なんなら、明日も着けるかどうか怪しいものだ。

「んっ、ちゅ♡　今年もよろしくね、湊。今年一回目――好きなだけヤっていいよ♡」

「ああ、今年も葉月に何回でもヤらせてほしい」

「いいよ……んちゅっ♡」

湊と葉月は口づけを交わし、舌を絡めて吸い合い、抱き合って。

「ああっ……♡」

葉月の口から甘く、甲高い声がこぼれ出る。

こんなにエッチで可愛い巫女さんとの姫始め――

湊は今年も葉月との遊びに夢中になっていく予感が止まらなかった。

2　女友達は地雷系？

「うぇっ、マジか……」

湊は思わず声を上げてしまった。

自宅キッチンの冷蔵庫に、驚くほどなにも入っていない。

お茶の２Ｌペットボトルと納豆だけだ。

葉月が勝手に突っ込んでいった美容に良いヨーグルトがいくつか入っているが、これに手を出したら怒られる。

湊も父も料理はしないし、食料の買いだめもしていない。

今日は正月が過ぎて数日――冬休みももうすぐ終わりだ。

留守がちな父もさすがに三が日は休んでいたが、四日には出勤していて、しかも今日はまた出張に出ている。

「そろそろ、〝出張〟と称してどこかにいる別の家族の家に行ってる……とか疑っていい頃合いか？」

もちろん冗談だ。

男手一つで育ててくれている父を疑うほど親不孝ではない。

その父がいるときは冷蔵庫に食料を入れているが、一人になると途端に面倒になる。

「カップ麺とインスタントカレーにも飽きたしなあ……マジで瀬里奈に料理習わないと」

料理の習得は数ヶ月前からの懸案事項だ。

だが、瀬里奈が家に来たら、とりあえず彼女の口で楽しませてもらい、そのまま時間を目一杯使ってヤらせてもらっている。

料理を習う暇があったら、瀬里奈の身体を楽しみたくなるのは当然だろう。

「食材もないいんじゃ選択の余地はないな……外でメシ食ってくるか」

湊は家を出て、マンションのロビーまで下りた。

「葉月は今頃、いいもの食ってんのかなあ……」

同じマンションに住んでいる葉月は、今は母親と一緒だ。

葉月の母はまだ休暇中で、葉月は母と飼い猫のモモと家族での生活を楽しんでいる。

湊も、家族水入らずの時間を邪魔するつもりはない。

若干の寂しさは感じるが――

「瀬里奈は正月忙しかったらしいから遊びに誘うのは悪いし、伊織は生徒会で学校行ってるみたいだしなあ」

伊織のほうは手伝いに行ってもいいのだが、〝現場復帰〟した会計の茜沙由香が張り切っていて、湊の出番がない。

茜はかなり有能で、会計以外の仕事もこなしているらしい。

「俺の出番ないよなー」

ぶつぶつつぶやきながら、湊はふと足を止めた。

ギャラマが目に入り、次いで空を見上げる。

「うーん、だいぶ怪しいな」

空は曇っていて、ずいぶんと薄暗い。

そういえばネットで雨という予報を見た、と思い出した。

「ま、コンビニでいいか……」

牛丼かラーメン、あるいはハンバーガーあたりが候補だったが、どれもコンビニでも手に入り、しかも美味い。

雨が降り出しそうな寒空の下を歩いて食べに行くより、さっさとコンビニで済ませたほうが楽だ。

「いらっしゃいませー」

ギャラマに入ると、レジにいた店員から声がかけられた。

よく見かける短髪にヒゲの店員だった。

もう午後一時近くで昼のピークは終わったのか、店内は客が少ない。

湊はまっすぐに食品のコーナーへと向かう。

空腹なので、カロリー高めの弁当を攻めてもいいかもしれない。

と思ったら、棚の前に店員がいて、新しい弁当を並べているところだった。

「あ、失礼しました。どうぞ――って、あれ？」

「え？　ああ、白雪(しらゆき)さん？」

「あっ！　葉月(はづき)葵(あおい)さんのカレシさん！」

そう叫んだのは、元日に初めて出会った白雪舞音(まいん)だった。

先日はピンクの派手な地雷系ファッションだったが、今はギャラマの制服を着ている。

制服は〝銀河〟を意識したのかシルバー……というよりグレーっぽい上着とズボンだ。

派手なピンク髪の白雪には、その制服は妙に地味に見える。

「あ、すみません。大声出しちゃって……」

「いや、葉月のカレシじゃないんだが……湊寿也(としや)だよ。俺は名乗ってなかったな」

湊はつい、タメ口で答えてしまう。

そういえば白雪は何歳なのだろう、と湊は今さら思った。

「湊寿也さん……あっ、あんまりお客さんとお話ししてるとマズいの」

「おっと、そうだよな。ごめん」

白雪はレジに戻っていき、湊はしょうが焼きをメインにした弁当を手に取った。

ボリュームを考えれば、もう一品おかずを追加してもいいか……などと悩んでいると。

「あ、そのお弁当、あまり美味しくないよ」

「おいおい」

いつの間にか、また白雪が近くにいた。

コンビニ店員が言ってはいけない台詞を吐いたのではないか。

「それ、タレの味が薄いみたいで、いつも売れ残るんだよね……お客さんは正直なの」

「店員は正直でいいのか？　まあ、いいが」

湊と白雪の周りには、他の客も店員もいない。

もちろん、白雪もわかっていて暴言を吐いたのだろうが。

「やっぱり言っておこうと思って。わたしね、あと一〇分くらいで上がりなの」

「ん？　ああ、そうなのか」

昼のピークを過ぎたあたりで、勤務終了になるのだろう。

「それで、ね？」

「うおっ」

白雪が、ずいっと身体を寄せてきて、湊の顔を上目遣いで見上げてくる。

やはり、この女子は葉月や瀬里奈、伊織にも劣らないくらい、とんでもなく可愛い。

白雪

「この前助けてもらったお礼、ちゃんとしてなかったから……よかったらこのあと、ちょっと時間いいかな？」

「いや、別にたいしたことは――」

「……だめ、なの？」

白雪が、じぃっと湊の目を覗き込んでくる。

まっすぐ向けられてくる彼女の大きな目は、遊びをねだる子犬のようだ。

「…………」

本当に礼などまったく必要ないのだが――

どう考えても、これは断れそうにない。

「こんなところに喫茶店があったんだな」

湊は白雪に連れられて――

ギャラマから徒歩五分ほどの場所にある喫茶店にいた。

昔ながらのクラシックな雰囲気の喫茶店で、古い洋楽が小さく鳴っている。

「いい店だな。全然知らなかったよ」

「湊さん、この近所に住んでるんだよね？」

「実は引っ越してきて一年経ってないからなあ。意外と知らないんだよな」

「ふーん、そうだったの」

湊の今の自宅と前に住んでいたマンションは、自転車で行き来できる程度の距離だが、地理などもあまり把握できていない。

陽キャの葉月と友達になっても、あまり出歩かないインドア人間なので当然だ。

「ここ、コーヒーが人気なんだけど、食べ物も美味しいの」

「確かに美味そうだな。いい匂いがしてる」

二人の前に、料理と飲み物が並んだところだ。

湊は熱いカフェラテにハンバーグをメインとしたランチセット。

「わたしはコーヒー苦手だから、クリソだけど」

「はは、好きなもの飲めばいいんじゃないか」

白雪はクリームソーダにミックスサンドイッチ。

湊から見ても、白雪はコーヒーよりクリームソーダのほうが似合う。

「あ、お料理の写真撮らせてもらっていい？」

「ああ、どうぞ」

湊は、ランチが載った皿を白雪のほうに寄せつつ、自分は写真に写らないようにテーブルから離れる。

葉月もよく料理の写真を撮っているので、慣れたものだ。

「ありがと。ここ、盛り付けも綺麗で映えるの」

「ＳＮＳとかにアップしてるんだな」

「ここの料理はやめとくかな。チェーン店以外だと、居場所を特定されやすいから」

「なるほど、そりゃやめといたほうがいいな」

芸能人でもなければ、居場所をネットで知られても問題はないだろうが、白雪は女子だ。

しかも、おかしな男につきまとわれた経験もある。

ＳＮＳにアップする写真は慎重に選んだほうがいい。

「よーし、撮れた撮れた。満足満足っ♡」

白雪は写真を撮るだけで嬉しいらしく、ニコニコと笑っている。

綺麗な盛り付けの料理より、白雪の笑顔のほうがＳＮＳで映えそうだ。

「あ、湊さん、どうぞ食べて食べて」

「じゃあ、いただくか。おっ……」

湊はハンバーグを一口食べて、声を漏らしてしまう。

ハンバーグは小ぶりながら肉汁たっぷりで、ソースの味も絶品だ。

目玉焼き、スープ、サラダの味付けもよく、付け合わせのスパゲッティさえも一口で食べるのが惜しくなる美味さだった。

カリカリに焼かれたバゲットも素晴らしく、そのまま食べてもよし、ハンバーグのソースに浸してもいい。

「うーん、これはマジで美味いな。一年近くもこの店をスルーしてたとは……」

「あはは、もったいないことしちゃったね。このミックスサンドも美味しいよ。たまごとレタスとハムときゅうりがすっごくバランス良くてね。食べてみて。がぶっといっちゃって、がぶっと」

「い、いいのか？」

「あーんして♡」

湊は白雪にサンドイッチを差し出されて、ちょっと怯んでしまう。

白雪は間接キスなど、まるで気にしていないらしい。

せっかく白雪が笑顔でお裾分けしてくれているのだから、断るのも悪い——湊は身を乗り出し、白雪が差し出したサンドイッチを思い切って齧った。

「お、これは確かに美味い。たまごたっぷりで、野菜のシャキシャキ感もいいな」

「でしょ。わたしも食べよ。あーんっ」

白雪は口を大きく開けて、湊が齧ったサンドイッチの残りをためらいもせずに食べた。

ずいぶんとあっけらかんとした性格らしい。

「確かに、この店を知らなかったのはもったいないな。人生の損失だった」

「あはは、それはさすがに大げさかも。でも、わたしもここを知ったのはバイト始めてからだから、去年の秋くらいかな」

「ああ、そんなに前からバイトしてたんだな。俺、奇跡的なタイミングで白雪さんがいるあのコンビニに行ってなかったんだな」

「わたしは、湊さんも葉月さんも前から何度か見かけてたよ。歳も近そうだったから、ちょっと気になってたの」

「ふぅん……こっちは全然気づかなかった」

湊はスープをスプーンですする。これも上品な薄味で美味だった。

「そういや、この前聞きそびれてた。俺、高一なんだけど、白雪さんは？」

「あ、うん、十六かな」

「へぇ、じゃあ俺とタメだ」

湊は学年を訊いたつもりだったが、年齢で返されてしまった。

といっても、別におかしな答えというほどでもない。

「ちなみに、どこの学校なんだ？」

「う、うん、えーと……」

「あ、いや、言いにくいなら別にいいぞ。悪かった、急にいろいろ訊いて」

湊が慌てて言うと、白雪は申し訳なさそうな顔をして首を横に振った。

　ただ、それでも白雪は学校名を明かすつもりはないらしい。

　単純に、よく知らない男に学校を知られたくないのか。

　あるいは、名門校に通っていることを謙遜しているとか。

　逆にあまりよくないレベルの学校に通っているとか——どちらにせよ、深掘りしないほうがよさそうだった。

「いや、そもそもタメ口でいいのかな……？」

「歳は同じなんだし、わたしもそのほうが楽かな。たぶん、敬語で話してたらボロ出るし。コンビニでもたまに敬語抜けて怒られてるの」

「ははっ、それは確かにまずいかな」

「でも、わたしがタメ口だと喜ぶお客さんもいるって、他のバイトさんから聞いたけど。どういうことだろ？」

「さ、さあ？」

　なんとなく湊には予想がつくが、説明するのもはばかられる。

　丁重な態度より、フレンドリーに接してもらうほうが喜ぶ人間もいるのだ。

　特に、白雪のような可愛い女子の場合はよくあることだろう。

「でも、気をつけないとな。マニュアル通りに対応したほうが、この前みたいな変なヤツが寄ってきづらくなるんじゃないか？」

「実は、昔から変な人はよく寄ってくるの。むしろ慣れ親しんでるくらいで」

「親しんじゃダメだろ⁉」

湊（みなと）は、口をつけていたグラスの水を噴き出しそうになった。

慣れるのもまずい。

この前のような危険な男を相手に油断すると、なにが起きるかわかったものじゃない。

「ま、まあ、マジで気をつけてくれ。もしコンビニにこの前のあいつが現れたら、俺が迎えに行ってもいいから」

「え、ホント？　けど、湊さんにそんな迷惑かけていいの？」

「もう関わっちゃったからな。白雪（しらゆき）さんになにかあったら寝覚めが悪い」

湊は苦笑して、恩着せがましくならないように素っ気なく言う。

白雪への対応を一つ間違うと、湊のほうが〝変なヤツ〟になりかねない。

間違ってはならない、白雪は湊の友達ではなく、同じ学校の生徒でもないのだから。

「湊さんは、なんでそんな親切なの？　狙いは？」

「狙い⁉」

既に対応を間違えたのかと思うような誤解をされているらしい。

「狙いなんかないって。コンビニに行くくらいたいした手間じゃないし、あのデカいストーカーも全然ヤバそうじゃないしな」

湊も相手が友達でなくとも、人助けくらいはする。

手間も危険もなければ、なおさらだ。

「そ、そういうものなんだ……人間って不思議……」

「人間？」

ずいぶん変わった言い方をする、と湊は戸惑ってしまう。

「でも、そっか。湊さんは親切なんだね……」

「ん？」

湊は、カフェラテをずずっとすすって——首を傾げそうになった。

自分を見つめてくる白雪の目が、異様なほど真剣に見えたのだ。

目の奥が底知れないというか、見ていると吸い込まれそうになってしまう。

「あのね、本当のこと言っていい？」

「うん？」

「この前のお礼をしたいっていうのは本当だけど……実は、湊さんのこと気になってて」

「き、気になってて？　白雪さん、それは……」

「白雪、でいいよ。でもわたしは、湊さんって呼ぶの」

「そ、それは……かまわないけどな」

同い年なら、呼び捨てのほうが気楽だ。

「湊さん、凄いなあって」

「す、凄い？　あの変なヤツを追い払ったことか？」

「それも凄いけど……葉月さんとの関係が凄いというか」

「んん？　葉月がどうかしたのか？」

さっきから、白雪がなにを言いたいのか湊にはよくわからない。

「葉月さんって美人だしギャルだし性格もかっこいいし……完全に陽の者だよね」

「陽の者って……陽キャなのは間違いないな」

湊がそう言うと、白雪はうんうんと頷いて。

「湊さん、見た目も中身も普通っぽいのに、あんな陽キャのギャルさんと普通にお付き合いしてるなんて。凄すぎない？　正直、尊敬しちゃうの」

「そ、尊敬？　いや、葉月が気さくなだけで俺が特になにかしたわけじゃないよ」

湊は学校の友人たちからも、葉月と友人であることを不思議がられてはいる。

だが、尊敬とまで言われたのは初めてだった。

「じょ、冗談はそれくらいでいいって白雪さ……白雪。そうだ、あまり長居するのはよくないよな」

湊はカフェラテの最後の一口をすすった。

既に食事は食べ終えていて、白雪のほうの皿もカラになっている。

「そうだね。そろそろ帰──あれ？」

「あっ」

湊は喫茶店の窓のほうを見て、気づいた。

話していてまったく気づかなかったが──さっきまでの曇り空はさらに暗くなって。

既に雨が降り出していた。

「ごめんね、湊さん。我ながら図々しいとは思うの」

「……いや、ウチは本当にすぐ近くだったからな」

湊は、白雪にタオルを渡しながら言った。

ここは湊の自宅マンション。

雨はすぐに本降りになり、湊は白雪を連れて自宅へと戻ってきた。

わざわざ家に入れずに傘を貸すだけでもよかったのだが、喫茶店からマンションまでダッシュしても、思った以上に濡れてしまった。

この寒い時期に、ずぶ濡れの白雪をそのまま帰らせるのはさすがに気が引けたのだ。

湊は白雪をリビングに迎え入れ、自分もタオルで髪を拭いている。

「あ、ドライヤー貸そうか？　男所帯なんで、フツーのドライヤーだけど」

女子だと、なんとかイオンが出てくるドライヤーを使うのかも、と湊（みなと）は不安になる。

「ううん、大丈夫。タオルだけで充分なの。ありがとう」

「いや、これくらい……そうだ、ココアでも淹（い）れようか。座って待っててくれ」

湊はキッチンのほうへと歩いて行く。

さっきお茶を飲んだところだが、なにかしていないと間が持たない。

なにしろ、白雪（しらゆき）と会うのはまだ二度目。

雨宿りのためとはいえ、まだ親しいとも言えない女子が仮にも男である湊の家に来るなど、かなりの異常事態だ。

白雪はちょっと警戒心が薄いのでは――と、湊はまた不安になってしまう。

ココアを淹れてリビングに戻ると、白雪は落ち着きなくソファに座っていた。

「あっ、ありがとう。本当にごめんね」

「別にココアくらい。ああ、熱いから気をつけてくれ」

「うん、いただきます」

白雪はこくんと頷き、カップを取ってフーフーと息を吹きかけてからすすり始めた。

湊はソファに並んで座るのは気が引けて、立ったままココアを飲む。

「ねえ、湊さん」

「なんだ？」

「わたしのこと、地雷系の変な女だと思ってない？」

「…………っ！　へ、変だとは思ってない……」

湊は危うくココアを噴き出すところだった。

「ホントかなー……？」

「ホ、ホントだって」

白雪の大きな目でじーっと見られて、湊は少し動じてしまう。

やはり、白雪の視線はどことなく甘えてくるような感じで、ドキドキさせられる。

「信じようかな。地雷系って呼び方、わたしは嫌いじゃないの。むしろ特別感がある気がして、好き」

「特別ではあるかな……」

地雷系はネットなどではよく見るが、リアルで見かけることは少ないファッションだ。

「知ってる？　こういう地雷系ファッションの服って、最近は〝しまばら〟とかでも買えちゃうの」

「え、そうなのか」

湊は〝エニクロ〟派だが、〝しまばら〟で服を買うこともたまにある。

ただ、もちろんレディースのほうには近づきもしないし、ファストファッションの店で地雷系の服まで売っているとは知らなかった。

「でも、わたしの服は専門店で揃えた服なの。だから、ちゃんと特別なの」

「そ、そんな力説しなくても。ああ、でも確かに生地とか高そうだな」

「わかってくれたら、それでいいの」

白雪はニワカではなく、地雷系ファッションに相当なこだわりがあるようだ。

ファッションに疎い湊が、あまり下手なことを言わないほうがよさそうだ——

「でも、高いのを着てるからガチっぽくて余計に変に思われるの。街を歩いてると『地雷系だー』とか、声に出して馬鹿にしてくる人もいて」

「そんなヤツは気にしなくていいだろ。通りすがりの人のファッションに文句言うなんて、ロクなもんじゃない」

「あはは、そう言ってくれると嬉しいの。でも、実際に地雷系だから言い返せないんだよね。これが普通じゃないのも認めてるし」

白雪は、まだ少し濡れているピンクのブラウスの胸元を軽く引っ張った。

実際、湊も最初に彼女を見たときは驚いたのだから、このファッションが普通とは言えないが……。

「普通じゃなくても、俺はマジで変だとは思ってないぞ。最初は珍しくて驚いたが、白雪にはよく似合ってるしな」

白雪舞音は、湊の女友達の少女たちにも劣らない美形だ。

ピンクと黒の派手なファッションは、白雪の美貌を際立たせている。

「そ、そうなんだ。あ、ありがと……」

どうやら、正面切って褒めすぎたらしい。

白雪は恥ずかしそうに顔を赤らめ、ツインテールの髪の一房を指で意味もなくいじっている。

「湊さんに、会えてよかったの……」

「え？」

「湊さんは葉月葵さんみたいな一軍エースっぽい女子と友達になれちゃう凄い人な上に、良い人なんだなって思って」

「そこまで長々と説明して俺を褒めなくても」

湊は苦笑する。

「それに葉月は気さくだから、友達のハードルは低いんだよ。つーか、間違いなく白雪のことも既に友達だと思ってるぞ」

「と、友達……⁉」

「うわっ！」

白雪が持っていたカップを落としそうになり、湊は素早く反応して受け止めた。

「あ、危ねぇ……熱いんだから、こぼしたら火傷するぞ！」

「ご、ごめん。ココアをカーペットにこぼされることより、わたしを心配してる……？」

「それはさすがに白雪の優先順位が上だろ」

湊家のカーペットは安物だし、多少の汚れなど湊も父も気にしない。

「白雪の脚に火傷の跡でも残ったらシャレにならねぇよ。せっかく、白くて綺麗な——」

そこまで言って、湊は慌てて口を閉じた。

葉月たちにヤらせてもらうときは、彼女たちのスタイルをためらわずに褒めるようになっている。

そのクセで、つい白雪の脚も褒めそうになってしまった。

友達でもない男に身体を褒められるのはキモいと思われかねない。

「な、なんでもない」

「あ……もしかして、わたしの脚を褒めようとしたの？」

白雪は立ち上がり、グイッと湊に顔を寄せてくる。

派手な髪や服装が目についてしまうが、近くで見るとやはりとんでもない美少女だ。

美少女を見慣れている湊でも、ドキドキしてしまう。

「ご、ごめん。脚がどうこうとか言われたら、キモいよな？」

「そんなことないの。あ、うん、この前の大きい男の人に脚を褒められたら……イヤだったかも。でも、湊さんは……その……」

「うん？」

白雪は湊に顔を寄せたままうつむいて――また頬をかすかに赤く染めている。

「み、湊さんも……葉月さんと同じで、わたしのこと友達だと……思ってくれてる？」

「そう……思っていいのなら、思いたいかな」

湊は正直なところを言った。

やはり、友達になるには性別は多少のハードルになる。

葉月があっさりと白雪と友達になれても、湊もそれに続けるかは難しいところだ。

「も、もちろん！　もちろん思っていいの！　思って……くれるの？」

「それなら、こっちは喜んで」

湊は白雪の勢いに押されるようにして頷く。

実際、白雪はまだわからないことも多いが、可愛いし、面白そうな女の子だ。

友達になれるなら、断る理由はなに一つない。

「そ、それじゃあ……お友達！　お友達！」

白雪はなぜか二度言い、湊に手を出してきた。

湊はすぐに意図を察し、ズボンで手をゴシゴシこすってから、その手を握った。

これで友人関係成立――というわけらしい。

「お、お友達……へへ、男の子の友達ができるなんて嘘みたい……」

白雪は湊の手を握ったまま、ヘラヘラと笑みを浮かべている。

もしかして白雪は、友達がいないのか？

湊は一瞬、失礼なことを考えてすぐに頭から追い払う。

たとえそうだとしても、白雪が悪いわけではないだろう。

「……でも、こんな地雷系オンナでもいいの？」

「ファッションはなんでもいいだろ、似合ってるんだし」

どうも、白雪はファッションのことをいろいろな人に言われたようで、それがコンプレックスになっているのかもしれない。

似合っているというのは湊の本心なので、念を押される必要はない。

「う、うん。ただ、地雷系着てると偏見持たれることも多いの……ヤバい女だとか、手首が傷だらけなんじゃないかとか。あ、ないからね？」

白雪はブラウスの袖をまくって、手首を見せてくる。

そこは真っ白で、傷など一つもない。

「俺は女子に偏見とかないよ。前はあったかもしれないが、最近は持たないようになった、と思う。ここだけの話、ギャルとか苦手だったが、今はだいぶ慣れたしな」

「そ、そうなんだ」

白雪は安心したのか、ニコッと笑ってこくこく頷いた。

「……そっか、偏見はないのか」

「大丈夫だって」

ギャルの葉月や穂波のことだけではない。

距離を感じてしまう令嬢の瀬里奈、それに生徒会長というお堅い役職に就いている伊織。

いずれも、平凡な湊とは関わりのないはずの人種だった。

だが、今は頼んでいろんなことをヤらせてもらえるほど仲良くなっている。

偏見など吹き飛んでしまって当然だ。

「じゃ、じゃあ実は……その、ちょっと見てほしいものがあるの」

「見てほしいもの？」

湊は白雪がなにを言い出したのか見当も付かず、首を傾げた。

「これでもまだ……偏見持たないって言ってくれるか……確かめたいっていうか……」

「え？　ちょ、ちょっと、なにをしてるんだ？」

なにを思ったか、白雪は立ち上がったままスカートの裾を摑んで持ち上げ始めた。

「恥ずかしいんだけど、こういうこと、誰にでもやってるって思わないでほしいの……」

「な、なんだなんだ？」

湊はますます戸惑ってしまう。

白雪は耳まで真っ赤にして、恥ずかしげにうつむいてしまっている。

「友達、なんだよね、わたしと湊さん？」

「そ、それはそうだが……！」

「じゃあ、そこに座って……見てて」

「み、見てて……？」

それでも湊は思わず、ソファに座り込んでしまう。

白雪はスカートの裾を持ち上げたまま、その前に立つ。

黒いミニスカートはさらに持ち上がっていき——真っ白な太ももが、ほとんどあらわになる。

湊のほうから「見せてくれ」と頼んだわけでもなく。

並外れた美少女の白雪舞音が、みずからスカートを持ち上げている。

そして——

派手な赤のパンツがちらりと覗いてきた。

葉月や瀬里奈のパンツよりも布面積が狭く、やたらとエロい。

「な、なんで急にパンツを……？」

「パ、パンツ？　そ、そこじゃなくて！　パ、パンツはできれば見ないで！」

「そこじゃないって……あっ」

湊はついエロいパンツに目がいってしまっていたが、ようやくそれに気づいた。

「タトゥー……？」

白雪の黒いミニスカートの中、左太ももの内側に――

薄い紫色をした蝶のタトゥーが入っている。

さほど大きくなく、一瞬スカートの中が見えた程度だったら気づかなそうだ。

「えっと、これって本物か？　シールとかじゃなくて？」

「本物なの。た、確かめてみて……」

「え？」

「疑われるの、イヤなの」

白雪は顔を真っ赤にしたまま、それでもはっきりと言い切った。

湊は、白い太ももに描かれた蝶をあらためて見つめる。

タトゥーのことなどまったく知らないし、まじまじと見たこともない。

最近のシールは精巧なのかもしれないので、見ただけではわからないだろう。

これがシールであっても全然かまわないが、白雪には本物であることが重要なようだ。

そして、それを湊に確かめてもらいたいと本気で思っている。

一番簡単な確認方法は、剝がれるかどうか――触ってみることだ。

「ほ、本当にいいのか？」

白雪が黙って頷き――湊は思い切って、手を伸ばして太ももに触れてみる。

ぷにっと柔らかい感触が伝わってきて——

「はうっ……」

白雪が妙な声を漏らした。

湊はその声に驚きつつも、タトゥーの部分をなぞるように触ってみる。

タトゥーを間近で見たのも触るのもこれが初めてだ。

紫の蝶の周辺を指でなぞってみても剝がれる気配はないし、シールの感触もしない。

指に伝わってくるのは、あくまで肌のなめらかな感触だけだ。

「……確かにシールじゃなさそうだな」

「うん、本物なの……も、もうわかった？」

「あ、ああ」

湊は、ぱっと白雪の太ももから手を離す。

白雪はミニスカートを下ろして、その場で床に座り込んでしまう。

「は、恥ずかしかった……男の子にパンツ見せたのなんて初めてなの……」

「そ、そうなのか」

俺も女子のパンツを見るのは初めて——など、さすがに嘘でも言えない。

毎日一枚以上は女友達のパンツを見せてもらっているとも言えないので、自分の経験は黙っておくしかないだろう。

「でも、白雪。なんでタトゥーなんて……？」

「可愛いから……」

「か、可愛いから？」

「いろいろあるけど、それが一番の理由……かな。可愛い服を着るだけじゃ我慢できなくなって、タトゥーを入れてみたくなったの」

湊はタトゥーをどうやって入れるのか、それも詳しくない。

ただ、少なくともこの日本では思いつきで適当に入れるものでもないだろう。

湊には理解しがたい理由だが、白雪にはタトゥーを入れて可愛くなることは重要らしい。

「それで……湊さん、どう？」

「どうっていうのは？」

「じ、地雷系で……タトゥーまで入ってるけど、わたしなんかがお友達でいいの……？」

「あ、ああ。そういうことか」

どうやら、白雪は自分の秘密を明かした上で友達になってくれるか不安だったらしい。

馬鹿馬鹿しい、とは言えない。

タトゥーは、この国では一般的とは言えず、偏見を持っている人間も多いだろう。

湊がタトゥーに反感を抱いていないのは、周りに彫っている人間がいないからだ。

ただ、あらためて考えてみると――

「あの蝶、綺麗だったな。似合ってたと思う。もう一回見たいくらいだ」

「ほ、本当なの……？　湊さん、器がデカいです……！」

「そこまでの話じゃないだろ。断言してもいいが、葉月も気にしないどころか、大はしゃぎして褒めてくれるぞ」

「そうなんだ……葉月さんも良い人。でも、今は湊さんが認めてくれたんだし、湊さんが良い人だし、湊さんのこと好きかも」

「…………っ！」

湊は、ソファから転げ落ちそうになった。

女友達からは友情を向けてもらっているが、女子から「好き」などと言われたのは生まれて初めてじゃないだろうか。

もちろん白雪の「好き」も友人としてという意味なのはわかっている。

「そ、そんなことより……男に簡単に下着とか見せちゃダメだろ」

どの口がそんなことを言うのか。

今は湊は、白雪のために自分を棚に上げることにした。

「べ、別に下着くらいいいの……いつも生パンでミニスカだし……」

白雪のパンツは派手な赤で、地雷系の彼女にはよく似合っていた。

ただ、あのパンツを他の男に見られるのは――あまり面白くない。

「だから、いいの……」

「え？　いいってなにが？」

「湊さん、もう一回見たいって言ったの……実はわたしも、このタトゥーを人に見せるの初めてで……自慢の可愛いタトゥーだからもっと見てほしいの……」

「…………」

自動的に、エロい赤のパンツも見えることになるのだが、それはいいのだろうか。

いや、タトゥーを自慢したいのだから、パンツに気を取られては失礼だ。

「じゃあ、見せてほしい……」

「う、うん、どうぞ……好きなだけ見てほしいの」

白雪は顔を真っ赤にしながら、またスカートをたくし上げて白い太ももと赤のパンツ、それに蝶のタトゥーを見せてくる。

まだ顔を合わせるのが二回目なのに、こんないいものを見せてもらっていいのか。

しかも、いつもと違って湊が頼むのではなく、女友達のほうからスカートの中を見てくれと頼まれている。

どうも、おかしな展開になってきた——湊は自分が戸惑っていることに気づいた。

３ 女友達は正月明けも遊びたい

Onna Tomodachi ha Tanomeba Igai to Yarasete kureru

「湊っ！　お正月が終わっちゃうよ！」

「とっくに終わってるよ。それどころか、冬休みが明日で終わりだよ」

「くっそー！　マジで三学期、始まっちゃうのか……！」

白雪を家に連れ込んだ数時間後――夕方。

湊のベッドの上で手足をバタバタさせて悔しがっているのは、言うまでもなく葉月だ。

黒のキャミソールに紺のショートパンツという格好で、真冬とは思えないほど露出度が高い。

さすがにこの格好で二つ下のフロアにある湊家に来たわけではなく、ウィンドブレーカーを羽織ってきていた。

葉月は湊家を実家のように思っているので、遠慮なくこんな格好でいるわけだ。

「そんな悔しがらなくても。というか葉月、今日も母親と一緒だったんだろ？　ここにいていいのか？」

今は湊も家でくつろいでいたところだった。

葉月が突然やってくること自体はいつものことなので、気にならない。

「お母さん、さっき出かけたんだよ。友達と会うんだって」

「なんだ、せっかく長期出張から帰ってきたのに」

「別にいいよ。お母さんに甘えるような歳でもないし。ウチの母ってばクールだしね」

「ふーん……」

湊は葉月の母とはあまり馴染みがない。

同じマンションに住んでいても、多忙な人で出勤は朝早く、帰宅は夜遅いために偶然に顔を合わせる機会も少ないのだ。

冗談抜きで葉月の姉と間違えそうなくらい、若くて綺麗な人という程度しか知らない。

「それで、湊は今日なにしてたの？　またゲーム？」

「スマホをイジって、ちょっとソシャゲやって……外で昼メシ食ったくらいだな」

「あたしがちょっと目を離すとこれだ。もう冬休みも終わりだっていうのに、一日を無駄にしてるね。ゴロゴロしてばっかじゃダメでしょ」

「おまえは俺の保護者か。いいんだよ、冬休みだからくつろいでんだよ」

湊は、無駄にゴロゴロできる一日は大変に素晴らしいと思っている。

女友達が一緒ならもっと素晴らしくなっただろうが、無理に遊びに誘ったりはしない。

「そういや、今日またコンビニで白雪さんと会ったぞ」

隠すほどのことでもないので、湊は一応葉月に教えておく。

パンツやタトゥーのことまでは話せないが。

「へぇー、よく働くね、あの人」

「なんか、俺らと同い年らしい」

「そうなんだ。ああいう特殊な格好だと歳がわかりにくいけど。ウチらよりちょい下くらいかと思ってた。童顔だね、あの子」

白雪は垂れ目で柔和な顔つきなので、余計に幼く見えるのかもしれない。

「バイトかー。偉いなー。あたしもバイトしようとは思ってんだけど」

「そういや、ギャルってバイトもやってるイメージだな」

「ギャルでひとくくりにすんなっつーの。サラはゲームつくってるとか言ってたけど」

「ゲ、ゲーム？」

ゲーマーの湊としては聞き逃せない話だった。

泉サラも葉月の友人で、見た目は派手なギャルだがそんな趣味があるとは初耳だ。

「あたし、ゲームはよくわかんないから深く聞かなかったけどさ。気になるなら、聞き出しとこうか？」

「そこまでしなくてもいいって」

泉サラは葉月グループのギャルの中でも、穂波と並んで特に目立つ一人だ。

湊もギャルにはだいぶ慣れたが、苦手意識がなくなったわけではない。

「実はあたしもあのコンビニで、バイトしようかと思ったことあるんだよね」

「あー、コンビニバイトは基本だよな。でもあのギャラマだと、家から近すぎないか？」

「それそれ。お母さんも使ってるし、なんかやりづらいよね」

「家族がバイト先に来るのは、ちょっとイヤだよな」

湊と葉月は、同時に苦笑してしまう。

自分が働いているところを家族に見られるのは、間違いなく気恥ずかしい。

湊ももしバイトをするなら、あのギャラマは選ばないだろう。

「あとさあ、周りに止められたんだよね。あたしがレジにいたら、絶対変なのが寄ってくるって」

「葉月グループ、有能だな」

葉月がコンビニのレジにいたら、ナンパ男が声をかけてくる可能性は高い。

実際、白雪舞音にもおかしな男がつきまとっていた。

「白雪さんも相当可愛いしなあ……」

「それはあたしも可愛いって褒めてることを喜べばいいのか、まーた女にちょっかいかけてるって呆れたらいいのか」

「そ、それは葉月のお好きに……」

だが失言だったと、湊は反省する。

「つまり、コンビニに買い物に行くって名目でいつでも白雪さんに会えるわけね。へぇー、よかったねえ、湊ぉ？」

「な、なんだその粘っこい口調は。い、いや、用もないのにコンビニは行かねぇよ」

「ホントかなぁ～？　ま、いいか。仲良い友達は何人いたって困んないしね」

葉月は納得したのか、ベッドの上でゴロゴロし始める。

キャミソールからこぼれそうなGカップの巨乳がぶるんっと揺れ、ショートパンツから伸びる長い脚も大変に悩ましい。

「はー、落ち着く。今日はちょっと疲れたしね」

「疲れた？　母親と出かけてたのか？」

「実は今日、朝早くからお母さんと初詣行ってたんだよ。名前忘れたけど、遠くのでっかい神社に行ってきた。まだけっこう混んでたね」

「そうだったのか。あれ、でもこの前俺と初詣行ったよな？」

「初詣って何回行ってもいいらしいよ。お母さん、今年も仕事が忙しいから、御利益が強そうな神社に行きたかったみたい」

「葉月のお母さん、大変そうだな……」

つい先日、年末ギリギリまで数ヶ月の長期出張に行ってきたところだ。

出張が終わっても、まだ多忙な時期が続くらしい。

「今年も、あんまり帰ってこないんだろうね。そういうわけで、今後もよろ♡」

「……同居してたのバレてねぇかな？」

「さあね。お母さんは、なんも言ってなかったけど」

湊は年末まで、母親不在の葉月家で寝泊まりしていた。

実は寂しがり屋の葉月は、飼い猫のモモと二人きりではいられなかったらしい。

湊にしてみれば、同じマンションの別フロアで父親も留守がちなので、同居自体は問題なかった。

気の合う女友達との同居生活は、実のところかなり楽しかったが——多少ハメを外しすぎた気もする。

毎日、葉月のベッドはもちろん、リビングや風呂で楽しみ、時には玄関や廊下で慌ただしくヤらせてもらうこともあった。

痕跡は綺麗に片付けてきたつもりだが、葉月の母親には気づかれているかもしれない。

ただ、その母親もまだこの先も忙しいとなると——

湊はまだしばらくぼんこつボディガードも兼ねて、頻繁に葉月家に泊まりに行くことになりそうだ。

湊としては葉月家には可愛い猫がいるし、なにより——葉月は今はもう「一回だけ」とは言わずに好きなだけヤらせてくれている。

「むしろ、積極的に泊まりに行きたいくらいだな」

「目的があからさますぎじゃねーか」

葉月が素足で湊の肩を軽く蹴ってくる。

「あー、あたし今日はお疲れちゃんだから、なにもできないかも。ゴロゴロしてるから、勝手にヤってもいいよ？」

「そういうわけには……襲ってるみたいじゃねぇか」

「とか言いながら、太もも撫でんな」

今度は、ギロリと睨まれる。

湊は葉月の剝き出しの太ももに手を這わせ、その滑らかな感触を味わっている。

「葉月の脚、長くていいけど、特に太ももは好きな部位だな」

「部位って言うな。お肉じゃないんだよ。ん？　お肉とも言えるのかな？」

「さあ……」

湊もベッドの上に乗り、葉月をぎゅっと抱きしめる。

葉月は抵抗せず、されるがままになっている。

「なに、今日は抱き枕にしたいの？　湊も疲れてる？」

「あー……雨に降られて全力ダッシュしたからな。疲れてるかも」

「そんだけで疲れんの？　運動不足、運動不足。つか、あんだけずっとヤり続けるんだから体力あるでしょ、あんたは」

「そうかなあ……？」

湊が葉月たち相手に何回戦でもヤり続けられるのは、女友達がみんなエロすぎるからだ。体力というより、欲望が湊の身体を動かし続けている。

「ま、あたしはスマホ見るくらいしかできないから。湊に好きに……ヤらせてあげる」

「マジか」

葉月は湊の枕に頭を載せ、ゴロンと仰向けになった。

Gカップの巨乳は張りがあり、上向きになってもほとんど横に流れない。

「きゃっ、こら。いきなりおっぱい？」

「なんかマジで寝てるところを襲ってるみたいだ……」

湊はキャミソールのヒモを片方外し、胸のあたりをズラしてみた。

驚いたことに葉月はノーブラだった。

「おまえな、いくらウチが近いからって下着もつけずに来るなよ……」

「疲れたって言ったじゃん。ブラって着けてるだけでキツいんだからね。知らないの？」

「俺が知ってたらおかしいだろ」

湊は他人の趣味には文句をつけないが、ブラを着ける趣味はない。

「まったく……上着を羽織ってきたっつってもなあ……」

「文句言いながらおっぱい揉まないでくれる？」

「遊びなんだから、無言で揉んでたら退屈だろ」

「ああ言えばこう言うよね、湊って……んっ♡」

湊に胸を生で揉まれ、葉月は甘い声を漏らす。

寝転んだままスマホをイジっている葉月の胸を好きなだけ揉ませてもらえる――

当たり前になってしまったが、これはとんでもない幸運なのだ。

「え？　なに、なんか悟ったみたいな顔してない、湊？」

「いや……そうだ、この服装もいいよな」

「は？　ただのキャミとショートパンツじゃん。部屋着だよ」

「ウチの学校の男どもは、誰も見たことがないだろ？」

「あるわけないよね」

葉月は湊がなにを言っているのかと、不審そうな顔をする。

最近、女友達のメイド服やサンタ衣装などを見てきたが――

こういう無防備極まる部屋着姿も悪くない――いや、最高だ。

美少女ギャルの部屋着というのも、相当にレアと言っていいだろう。

「はー、葉月のおっぱい揉んでると落ち着くなあ」

「なに、あんた？　今日はちょっとテンションおかしくない？」

「そうかな……」

思えば、今日はまだ先日知り合ったばかりの女の子を家に連れ込んでしまったのだ。

湊は女子慣れしてきたとはいえ、まだまだコミュニケーション能力は低い。

それに、白雪舞音は変わった雰囲気のある女の子だ。

パンツとタトゥーを見せてもらっておきながら、湊はちょっと疲れてしまっていた。

「今日はずっと葉月のおっぱい揉み続けるか……」

「しれっとなに言ってんの？　と、というかおっぱいだけじゃ……あのさ、せめて二回くらいはヤ、ヤってほし……じゃない、ヤらせてあげるから！」

「そ、そうか」

どうやら、女子も胸を責められるだけでは辛いようだ。

湊も、葉月のキャミソールの中に手を突っ込み、生でおっぱいをぐにぐにと揉み、乳首をつまんで引っ張っていると。

なにかが身体の奥からこみ上げてくるのを感じた。

「うん、俺もなんかヤる気になってきた。部屋着姿の葉月、エロい」

「あっ、こら、下も……！」

葉月はゴロンと横向きになり、湊は後ろから彼女に抱きつく。

片手で葉月のショートパンツを下ろし、ピンクの可愛いパンツをあらわにさせる。

さらにベッドの上で身体を密着させ、背後から抱きついて腰を押しつけ――ピンクのパンツ越しにお尻にこすりつけていく。

「んっ♡　やんっ、もうすんごいことになってるじゃん……こんなの、三回でも済まないでしょ？」

「どうかな……このままお尻にこすりつけるだけで一回終わっちゃいそうだ」

「こ、興奮しすぎだってぇ！　急にガチになってるじゃん！」

「あー、やっぱ葉月の身体が一番馴染(なじ)んでるからなあ」

「それって、飽きたりしないわけ……？」

葉月は後ろを向いて、じろっと睨んできた。

湊は振り向いた葉月に、ちゅっと軽くキスをする。

「飽きてたらこんなに興奮しないって。だからもっと……」

「う、うん……もっと興奮させてあげよっか……？」

葉月はゴロンと湊のほうを向いた。

二人並んでベッドで横向きに寝て、お互いに向き合う体勢になる。

葉月はキャミソールのヒモが両方外れて、ノーブラの胸があらわになっている。

ショートパンツも中途半端に下ろされ、ピンクのパンツが丸見えだ。

「まずはおっぱい使わせてあげる……お尻より、こっちのほうが好きでしょ？」

葉月(はづき)はニヤッと笑って、既にはだけていたキャミソールを下から持ち上げて——ぷるるんっとGカップのおっぱいを丸見えにしてくれた。

「おお……お尻もいいけど、やっぱこっち使いたいな……」

「つ、使うとか言うな。つ、使わせてあげるけどさ……こうやってね。あたしも、だいぶ挟むの上手(うま)くなってきたでしょ？」

葉月はぺろっと舌なめずりしながら、自分の胸を横から真ん中に寄せるようにする。

大きな二つのふくらみがぐにゃりと潰れ、真ん中に集まっている。

「きゃっ、あんっ♡」

湊(みなと)はその潰れた胸の頂点、ピンクの乳首に軽くキスをして。

それから、ぐにぐにとまた揉んでいく。

余計に疲れてしまいそうだが、葉月の身体に触れていればそんな疲労などどこかに消えるようだ。

真ん中に寄せられた大きなふくらみの谷間に、湊は吸い寄せられるように——

「たっぷり挟んでこすってあげる……♡　ほら、おいで♡」

葉月の挑発するような笑顔がたまらない。

今日は時間の許す限り、結局は何回も何回も楽しませてもらうことになりそうだ。

遂（つい）に、三学期が始まってしまった。

湊は学校が嫌いなわけではないが、授業を受けるのが好きとも言えない。

始業式の翌日には普通に授業が始まり、湊は冬休みを怠惰に過ごした報いか、なかなか集中できなかった。

「三学期ってどうも気が散るんだよな。どうせすぐ春休みだとか思っちゃうのかもなあ」

「そうか？　私は二学期までと特に変わらないぞ」

「さすが、生徒会長さんは違うな……」

放課後、湊は久しぶりの生徒会室にいた。

長机の前でノートＰＣに向かって作業している。

今日は茜（あかね）が用事があるため、湊が手伝いに駆り出されたのだ。

伊織（いおり）と一緒に過ごすのも久しぶりだったので、湊が拒否する理由もなかった。

「というか伊織、なんでジャージなんだ？」

湊は、窓際のデスクにいる伊織をあらためて見る。

室宮（むろみや）高校指定の青いジャージ姿で、ノートＰＣに向かっている。

「ああ、最後の授業が体育で。用具の片づけをしてたら着替える暇がなくて、そのまま生徒会室に来てしまった。あ……あ、汗臭いか？」

「残念ながら汗臭くないな」

「残念ながら⁉」

「いや、冗談だ。別に女子の汗に興奮する特殊性癖はない」

「ミナに特殊な性癖があっても、まったく驚かないけどな……」

「それは若干偏見がないか？」

「この前、私にメイド服を着せて遊んでた男の発言とは思えないな」

「そ、それはまあ……普通じゃないか？」

「普通ってなんだろう……」

頭脳明晰なはずの生徒会長さまが、深遠な悩みに落ち込んでいる。

ただ本当に、湊は人様に言えないようなフェチなどは持ち合わせていない。

確かにコスプレなどで興奮することはあるが、それくらいは特殊とも言えないだろう。

「っと、できた。伊織、チェックを頼む」

「馬鹿な会話しながら、仕事も進めてたのか。褒めるべきか、呆れるべきか……」

湊は共有フォルダに仕上げた書類を送り、伸びをする。

久しぶりの書類仕事は、なかなか肩が凝る。

「仕事早いんだよな、ミナは。うん、うん……うん、大丈夫だと思う。ありがとう」

「仕事早いのは伊織だよ。チェック早すぎだろ」

湊は思わず苦笑いしてしまう。

自分で再チェックしたら十分はかかりそうだが、伊織なら一分で終わりだ。

このボーイッシュなショートカット美少女は、一年生にして生徒会長に選ばれる優等生だとあらためて思い出す。

「はぁ……優等生のおっぱい見たい」

「突然なにを言ってるんだ!?」

「あっ、しまった、つい口に」

「……ここではいいが、ヨソでは気をつけてくれ」

まったくもって、伊織の言うとおりだった。

だが、放課後の生徒会室で二人きり、しかも伊織は身体のラインがくっきり出るジャージ姿——

これでおっぱいを見たいと思わないほうが失礼というものだろう。

「って、あれ？　伊織、おっぱいデカいな。例の補正下着は？」

普段、伊織はFカップの巨乳を特殊なブラジャーで押さえつけている。

「デ、デカいというのも口に出すな。今日は生徒会室に来て、こっそり外したんだ……」

た。

湊は伊織からLINEで生徒会の手伝いを頼まれ、伊織のほうが先に生徒会室に来ていた。

「いつの間に」

湊が来る前に外していた、というだけだろう。

最近は、湊の家で補正下着を外している伊織を見慣れていたので、外していることに気づけなかった。

「もう普通のブラジャーにしてもいいかもな。周りには驚かれるかもしれないが……」

「ツッコミ入れてくる友達はいるかもな。男子には無理だろうが」

「どっちみち、男子の友達はミナだけだから」

伊織はつぶやいて、生徒会長のデスク前に移動して、そこに腰掛けた。

たゆんっ、とジャージ越しに大きな胸が揺れる。

「ジャージ姿だと余計に胸のサイズがバレてしまうが、それも仕方ない。〝王子〟をやめる気はないが、無理に男子っぽく振る舞おうとも思わないから」

「うん、伊織の好きなようにやればいいんじゃないか？」

「そうだな、ミナくらい好き勝手にやってもいいのかもな」

「お、俺は友達相手だと変な気遣いをしないってだけでな……ノンデリじゃないぞ？」

伊織は冗談めかして言ってきたが、事実なので湊も強く反論できない。

「私、ジャージが好きってわけじゃないけどな」

「でも、伊織ってジャージ似合うよな」

「褒められてるのか？　ジャージは身体のラインがわかりすぎて、この格好のときに補正ブラ無しで人前に出るのは恥ずかしいな」

「俺の前ならいくらでも出てくれていいぞ」

「ミナは身体のラインが見たいだけだろ。なんなら……も、もっと見たいんだよね？」

伊織の台詞に女性らしい言葉遣いがまざってきた。

女子としての自分、王子としての自分、伊織はどちらの自分も否定しない。

そのせいで、時々人格が入れ替わったかのようになるが――

友達の湊の前では、意識的に演じるのをやめているからだろう。

「ああ、もっと見たい……」

「ミナは素直だよね……ボクも実は、女の子としての姿を……もっと見てほしい」

一人称まで、以前に使っていた〝ボク〟が出てきている。

その伊織は、ジィッとジャージの上着のファスナーを下ろした。

たゆゆんっとFカップのおっぱいがこぼれ出してくる。

下は白Tシャツで、胸のラインがよくわかる――いや、それどころか胸の頂点の突起の形まで見えているような。

「くそっ、クラスが同じならジャージ姿の伊織をもっと見られるのに……！」

「ノ、ノーブラのボクはミナにしか見せないってば……あ、ちょっと……！」

湊は伊織の前に立ち、Tシャツをめくり上げた。

ぶるんっとFカップの胸があらわになる。

「も、もう……見るのはいいけど、いきなりは……んっ♡」

湊はもう我慢ができなかった。

伊織の胸をぐいっと揉むと、さっそく可愛い乳首をちゅーちゅーと吸い始める。

この生徒会室で伊織の身体を楽しむのは数日ぶりだ。

「やっぱ、伊織にヤらせてもらうなら生徒会室が一番燃えるな」

「ば、馬鹿っ……茜さんとか他の役員が来たらどうするの……！」

「茜なら、一緒にヤらせてくれるんじゃないか？　そういえば、まだ茜にはパンツとおっぱいしか見せてもらってないんだよな」

「もう頼めばヤらせてくれるよ、茜さんなら……むしろ興味がありそうだった」

「マジか……でも、今はとりあえず伊織のおっぱいだな。最近、挟んでもらうのがマイブームなんだよ」

「どんなブームが来てるの⁉」

伊織は、湊に乳首を吸われながらも鋭いツッコミを入れてくる。

このＦカップを揉み、乳首を吸うのも最高に気持ちいいが、柔らかいおっぱいで挟んでもらう快感が一番だ。

「ま、まあ、茜さんや瀬里奈さんだと挟むのは難しいだろうからな……は、挟んで楽しませるのはボクと葉月さんの役目だな……」

「今度、伊織と葉月のダブルで挟んでもらうとかいいな」

「す、好きにしたら……どうせボクも葉月さんも断れないし……あんっ！♡」

湊にひときわ強く乳首を吸われ、伊織は背中を大きく反らせる。

伊織は両手を生徒会長のデスクについて、なかば寝転ぶような体勢になっている。

ジャージのズボンの薄い生地を通して――下着の線がわずかに見える。

「挟んであげるのはいいけど……そ、その前にヤらせてあげるから、それで落ち着いて」

「一回ヤったくらいで落ち着くかなあ……」

湊は伊織の胸をぐいっと揉んで、ちゅうちゅうと唇を吸う。

伊織のほうから舌を絡めてきて、湊はさらに舌も吸い上げた。

「はぅ……んっ♡　キスも濃すぎだよ……んむっ……♡」

伊織もむさぼるように唇を重ねてきて――みずからジャージのズボンを下ろした。

地味なグレーのパンツがあらわになる。

「ここから先は……ミナ、やってね？」

「あ、ああ……」

伊織に可愛く言われて湊は頷き、伊織のグレーパンツに手をかけ、するりと下ろした。

ショートカット美少女にはジャージがよく似合う。

上はジャージの上着にTシャツという格好のままでいてくれるのがたまらない。

こんな可愛い王子様系美少女に、ジャージ姿でヤらせてもらえる——しかも、彼女の職場である生徒会室で。

湊は早くも、興奮が最大限まで高まっているのを感じた。

「はぁ……よかった、誰も来なくて」

伊織は、ちゅっと湊にキスして、生徒会長のデスクから下りた。

あとの処理は既に終わっていて、伊織は足首まで下ろされていたグレーのパンツをはき直す。

それから、ジャージではなく制服に着替えた。

いくら自宅が学校から徒歩三分とはいえ、ジャージで帰宅するのは王子様系生徒会長としてははばかられるのだろう。

「さ、仕事の続きをするぞ、ミナ。ノルマを片付けないと、茜さんに叱られる」

「……切り替え早いな」

伊織はさっきまで甘い声を必死に抑えていたのに、すっかりいつもの〝生徒会長〟に戻っていた。

湊はもう一度スカートの中に手を突っ込んで、甘い声を出させたい――などと思うが、もちろんそんな無茶はしない。

実のところ、生徒会長モードの伊織も可愛いからだ。

「なんだ、じろじろ見て。ま、まさかまだヤりたいとか……」

「人が来たら困るのは俺も同じだって。さっきまでとまるで別人みたいだって驚いただけだよ」

「私は演じるのは得意だって言っただろう。生徒会長に戻るなんて一瞬だ」

「エロい女子になるのも一瞬だよな。おっぱい吸ったらもう、エッチで可愛い伊織になってるもんなあ」

「い、言うな！　ミナのせいで、こんなにエッチになっただけ――って、なにを言わせるんだ！」

伊織は、湊をジト目で睨んでくる。

「ジャージ姿だから、今日はなにも起きないと思ってた。あんな運動着なんかに興奮するなんて、ミナは意外性のかたまりだな」

「全然褒められてないな……」

湊がそう言うと、伊織はニヤッと笑ってデスクについた。

「まあ、ドレスよりジャージのほうが私には似合うのかもな。他になにか、着てほしい服とかあったりするのか？」

「伊織、なんか面白がってんだろ。服装は別にこだわりは……」

そこまで言いかけて、湊はふと思いついた。

「地雷系ファッションとか……」

「また突拍子もないな！　ドレスよりはるかにボクに似合わないだろ！」

伊織は本気で驚いているようだ。

もちろん、湊の頭に浮かんだのは白雪舞音のファッションだ。

「い、いや、最近知り合った女子がそういう服を着てて」

「だからといって、さすがに私に地雷系はない！　試しに頭の中で着せてみろ——いや、着せなくていい！　想像されるだけで恥ずかしい！」

「そこまで否定しなくても」

伊織は今度は、本気で恥ずかしがっているらしい。

ただ、言われたとおりで——湊は伊織に白雪のファッションを重ねてみようとしたが、上手く想像できない。

申し訳ないが、それくらい似合わないということだろう。

「ん？　地雷系って……葉月さんや瀬里奈さんじゃないよな。最近知り合ったたって、誰なんだ？」

「誰って……女友達だよ」

「なに……？」

伊織がデスクから立ち上がり、湊のそばまでやってきて、長机に腰掛けた。

「ミナ……また新しい女友達が増えたのか」

「またってなんだよ」

湊は言い返しつつも、伊織からの圧に怯えていた。

確かに、伊織と友達になったのもつい最近で、茜とも仲良くなっている。

女友達が増えるペースが速すぎると自分でも思う。

「素直に吐けば楽になるぞ。さあ、私に話してみろ」

「取り調べかよ。友達っつっても、コンビニの店員さんだよ。葉月も知り合いで」

「なるほど、学校内では飽き足らず……」

「俺に含むところありすぎだろ⁉」

伊織からの圧が、さらに強くなっている——

と思いきや、伊織は長机から下りて、湊の隣にあった椅子に座り直した。

「冗談だ。コンビニの店員と言ったが……地雷系ファッションで働いてるのか？」

「まさか。バイト終わったあとの私服姿のときに会ったんだよ。ちょっとトラブってたんで、俺と葉月で助けたみたいな」

助けた、と自分で言うのはおこがましいが、この説明がわかりやすい。

「そうか、地雷系か……ネットで見たことはあるが、実在するんだな」

「伊織もリアルでは見たことないのか」

「街中に普通にいるものでもないだろう？」

どうやら、伊織の行動範囲は葉月より湊寄りらしい。

「俺も白雪を最初に見たときはびっくりしたからなあ……あ、白雪って名前で」

「ふうん、名前からして可愛らしいな。その子、可愛いのか？」

「えっ、ああ……たいていの人間から見ればまあ……」

湊はまた伊織から圧を感じてしまい、歯切れが悪くなってしまう。

知り合いのコンビニ店員が可愛くても、湊が責められる理由にならないが。

「私もその白雪さんとやらに会ってみたく——ん？　白雪？」

「なんだ、伊織？」

「………」

伊織はアゴに手を当てて考え込んでいる。

「白雪……まさかその子って白雪舞音じゃないだろうな？」

「え？」

湊は、きょとんとしてしまう。

間違いなく、伊織には一度も白雪のフルネームを教えていない。

「伊織、白雪を知ってるのか？」

「白雪は珍しい苗字だからな。ちょっとこれ、借りるぞ」

伊織はそう言うと、湊が仕事用に使っているノートPCを引き寄せて、操作を始めた。

「これは生徒会のデータベースだ。全生徒の簡単なデータがある」

「そんなもんあるのか」

学校にあってもおかしくないが、生徒会が閲覧できるとは知らなかった。

しかも、湊が生徒会の手伝いで使っているノートPCにもデータが入っていたとは。

「えーと……ミナ、ここだ。ここを見てみろ」

「んん？」

湊は、ノートPCのモニターを覗き込む。

エクセルに生徒のものらしい氏名がずらりと並んでいる。

マウスカーソルが動いているあたりを見てみると——

「あ、白雪舞音……白雪舞音⁉　白雪、ウチの学校の生徒なのか⁉」

湊は思わず立ち上がってしまった。

しかも、クラスは別だが湊と同じ一年生——

年齢だけは本人から聞いていたが、まさか同じ学校だったとは。

「……けっこう珍しい名前だもんな。このフルネームで同姓同名ってことはないか」

湊は椅子に座り直して、唸ってしまう。

「間違いなく、白雪舞音は室宮の生徒で、私たちと同じ一年生だ」

「マジか……まあ、コンビニからそう遠くないところに住んでるんだろうし、ウチの高校に通ってても全然おかしくないのか……」

室宮高校には、わざわざ越境して通ってきている生徒はいない。

湊が知る限り、電車やバスを使っている者でも通学時間は長くて三十分くらいだ。

通学圏内に住んでいて、同姓同名なら、湊の女友達の白雪舞音とこのエクセルのリストに載っている白雪舞音は同一人物だろう。

「あれ？　でも白雪を校内で見たことないぞ。あんな目立つピンク髪してるのに」

「ピ、ピンク髪なのか。いや、私も見たことはないんだ」

伊織は若干動揺しているようだ。

校内でも髪を染めている人間は珍しくないが、ピンクはさすがにいない。

「えーと……伊織は白雪の名前しか知らなかったってことか？」

「うん、実は直接会ったことは一度もない」

伊織は頷いて、少し考え込むような顔をする。

「まあ、この話は知ってる生徒も多いから秘密にするほどでもないんだが……」

「なんだよ、そこまで言ったのなら話してくれ」

ここまでいろいろ言われて、消化不良なまま話を打ち切られてはたまらない。

湊はじっと伊織の顔を覗いて、先を促す。

「知り合いなら、ミナには知っておいてもらったほうがいいか。白雪舞音は——いわゆる不登校なんだ」

「不登校……？」

湊は一瞬、なにを言われたかわからなかった。

それくらい——当たり前の単語なのに、耳に馴染みがない単語でもあった。

「マジか。ウチの学校に不登校の生徒がいたのか」

湊は聞いたこともなかったが、元々交友範囲が狭いので知らなくても不思議はない。

クラスが別ならなおさら、知る必要もない情報ではある。

「ミナ、ここをよく見てくれ」

「ここって……ああ、名前の横についてるこのマークか」

「これは内緒だぞ。〝要注意〟の生徒ってことだ」

「要注意？　つまり問題児ってことか？」

湊が聞き返すと、伊織はこくりと頷いた。

白雪舞音は、髪やファッションは派手で、かなり目立つ。

性格も少し情緒不安定というか、つかみ所のなさはあったが――

「まあ、不登校なら問題児には違いないか……」

「それだけではないだろうな。本人の素行にも問題があるんじゃないか？」

「白雪は、見た目は派手だけど、問題を起こすタイプには見えなかったなあ」

「そうなのか。ふーむ……」

伊織は、生徒会長として〝問題児〟を心配しているのだろう。

ただ、妙に深刻そうなのが気になるが――

「なあ、伊織。不登校って、どれくらいなんだ？」

「ああ、冬休み前――二ヶ月くらい前からまったく登校してない」

「二ヶ月⁉」

湊が想像した以上にがっつり休んでいる。

「そ、それってまずくないか？　二ヶ月も休んだら……留年するんじゃ？」

「今がギリギリだ。完全に休み出した二ヶ月前も保健室登校だったそうだ」

「それで俺も伊織も会ったことなかったのか……」

保健室登校が出席にカウントされるとしても、二ヶ月も欠席が続いたら——

高校は義務教育ではないのだから、欠席日数が多いと留年する。

湊もそれくらいは知っていたが、周囲にそこまでサボリ癖のある人間がいないので留年など意識したこともない。

「葉月や穂波だって、ほとんどサボらないからなあ……」

「生徒会的には、葉月さんは問題児だと認識してないな」

穂波は？　とは聞き返せない湊だった。

「ああ、いや、それどころじゃないな。二ヶ月も欠席してるのはちょっとな……」

「なあ、ミナ」

伊織が湊の肩にぽんと手を置き、ずいっと身を乗り出してきた。

湊はその整った顔に浮かんだ真剣な表情にドキリとする。

「白雪舞音を学校に連れてこられないか？」

4　女友達は登校していない

Onna Tomodachi ha Tanomeba Igai to Yarasete kureru

夜、午後十時過ぎ――

「あ、湊さん、こんばんは」

「どうも、白雪」

湊はコンビニの裏手から出てきた白雪に手を挙げた。

今日もピンクのブラウスに黒のミニスカートという、おなじみの地雷系ファッションだ。

一月の夜中、風も冷たいのに白雪はコートも着ていない。

「なあ、その格好はさすがに寒そうなんだが……大丈夫か？」

「ファッションは気合いなの。お気にの服をコートで隠すなんてもったいない。寒くても周りから変に思われても、わたしは着たい服を着るの」

「こだわりがあるのはいいが、風邪を引かないようにな……」

「もちろん防寒対策はきっちりしてるから、平気。実は、見た目よりあったかいの」

「あー、なるほど」

防寒用のインナーを着たり、カイロを貼ったりしているのだろうか。

湊は寒ければひたすら着込むが、ファッションにこだわる女子は大変なようだ。

「つっても寒いし、どっか店に入るか」

「あ、無理。こんな時間だと高校生はお断りされるの。最近はどこのお店も気をつけてるから」

「それもそうか」

湊は夜中に出歩く習慣がないので、気づかなかった。

「とりあえず、これどうぞ。あったかいよ。わたしは紅茶、湊さんのはカフェオレ」

「お、ありがとう。いくらだった？」

白雪は持っていた袋からコンビニコーヒーのカップを取り出して、湊に手渡してきた。

実のところ、白雪を待っていた短時間で身体が冷え切ってしまったので、あたたかい飲み物は助かる。

「いいよ、おごりなの。わたし、バイトしてるからお金はあるの」

「じゃあ、ありがたくいただくか」

そこまで高いものではないので、受け取っても問題ないだろう。

二人は、熱い飲み物をすすりながら歩き出す。

「本当は今日じゃなくてもよかったんだが、急いだほうがいい話だったんで」

「わー、緊張しちゃうなあ。なにかな、なにかな？」

白雪は、言葉とは裏腹に喜んでいるようにも見える。

湊は昼間のうちに白雪に連絡し、会う約束を取り付けた。

彼女のほうからはコンビニバイトがあるので、仕事が終わったあとでよければ——と返事が来て、湊もそれでＯＫしたわけだ。

実は葉月も、今夜は珍しく自宅に穂波や泉サラが泊まりにきているらしいので、湊は完全フリーというのもある。

いきなりのアポだったので断られるかとも思ったが、白雪は嫌がるどころか喜んでいるようなので、ほっとした。

「つーか、本当に悪い。白雪のほうはバイトで疲れてるよな」

「ううん、別にいいの。もうコンビニバイトも慣れたから。まだまだ全然元気。ほらほら、なんなら踊っちゃう」

白雪はニコニコしつつ、身軽な動作でくるくると回ってみせる。

どうやら運動神経は悪くないようで、軽やかな舞いだった。

ふわっとミニスカートが翻り、白い太ももがあらわになっている。

「いやいや、元気なのはわかったから。踊らなくていい。飲み物、こぼれるぞ」

「大丈夫なのに。それで、お話ってなに？」

白雪はぴたっと踊りをやめると、湊を上目遣いで見つめてきた。

湊が白雪を呼び出したのは、もちろん伊織に頼まれた件についてだ。

正直、〝不登校の生徒を学校に連れてくる〟など湊の手に余るミッションだ。

デリケートな問題だし、迂闊に手を出せば話がこじれかねない。

しかし——友達が留年しようとしているのに、放っておくわけにもいかない。

伊織に白雪のことを頼まれたときは驚いたが、彼女に頼まれなくても自分は動いていただろう、と湊は確信している。

この数ヶ月で、湊にとって女友達との友情はなによりも大事なものになっている——

「あのさ、白雪って室宮高校の生徒なのか？」

「うっ、遂にバレたか……」

「って、隠してたのかよ。つーか、俺に隠してたってことは……」

湊は、じろっと白雪にジト目を向けてしまう。

「うん、湊さんと葉月さんが室宮の生徒なのは知ってたの。制服姿で歩いてるトコ、前に見たことあるもん」

「いつの間にか見られてたのか……」

やはり、白雪は自宅もそう遠くないのではないか。

思えば最初にコンビニ前で白雪に会ったとき、彼女は徒歩で帰っていった。

距離があるなら、自転車くらい使うだろう。

白雪は自宅近くでバイトすることも特に気にしていないようだ。

「だから、コンビニの前で湊さんに助けてもらったとき、びっくりしちゃった」

「そういや、驚いたような顔してたな……俺が急に絡んできて驚いたのかと思ってた」

葉月も白雪の顔を知っていたし、湊が周りに鈍感すぎたようだ。

「それで……わたしのこと、どこまで知ってるの？」

「ずっと、試験も保健室で受けてたんだってな？」

「ううっ……詳しく知られちゃってる……」

「生徒会長から聞いたんだよ。欠席二ヶ月だと出席日数がギリギリだ。ここからレポートとか補習でなんとかリカバリーできるかもってところらしい」

「リカバリー……で、で、できちゃうの？」

白雪は目を丸くして、首を傾げている。

「できちゃうのって、できたらダメみたいに言うんだな」

「ダメってことはないけど……もうアウトになったかと思ってたんだよね……」

ううーん、と白雪は唸るように言ってから。

「まあ……人生長いんだし、一回や二回の留年くらいオッケーかなって。へへへ」

「へへへ、じゃないだろ！」

白雪は困ったように笑っているが、困っているのは湊も同じだ。

まさか、白雪が留年を受け入れているとは湊も夢にも思っていなかった。

学校に行っていないとはいえ、留年したいわけではないだろうと思っていた。

「高卒認定試験だっけ。アレもあるから、大学に行きたくなったら受験もできるの」

「……そういうことは調べてあるんだな」

湊は別に詳しくないが、以前は大検と呼ばれていた制度のことは聞いたことがある。

「もしかして白雪、もう学校に来ないつもりなのか？」

「まだ決めてはいないけど、今すぐ行く気はないかなあ」

「………」

今すぐ行かなければ留年確実だ。

だが、どうやら白雪もそれくらいのことは理解しているらしい。

というより、既に留年が決まったと思い込んでいたようだ。

留年が決まれば、さすがに学校から連絡がいくと思うが。

「ああ、なんか頭痛くなってきた」

「やっぱ、湊さん、いい人なの。最近友達になったばかりのわたしのこと、そんな心配してくれるなんて。優しい……」

白雪は、今度は感動したような目を向けてくる。

女子に褒められるのは悪い気はしないが、今はそれどころではない。

「あのな、白雪」

「はいっ」

「返事だけはいいな……あのな、付き合いの長さは関係ないだろ。友達が留年しそうなら、心配するに決まってる」

湊は、白雪のことをよく知っているとは言えない。

だが、たとえ彼女自身がどう思っているとしても、留年を簡単に認められるはずもない。

「友達……そうだったね、わたしと湊さん、お友達になったんだった……！」

白雪は、ぱぁっと顔を輝かせている。

「お友達だから、その……ア、アレも見せたし……」

「………」

次の瞬間には、この前のタトゥーのことを思い出したのか、顔を赤くしていた。

照れすぎていて、湊のほうまで恥ずかしくなってしまう。

「あ、そうだ。タトゥーがバレたら停学とかなっちゃうんじゃ？　どうせ停学になるなら、いっそ不登校のままのほうが……」

「なんだかんだ理由をつけて不登校を続けようとすんな」

湊は、あまり強く言うのも気が引けると思っていたが――

どうも白雪には変な遠慮をしないほうがいいかもしれない。

「俺、友達にはつい気を遣っちゃうトコあるけど……」

「え？　湊さん、そうなんだ。まあ、優しいもんね」

「でも、白雪には優しさとか気遣いとか忘れたほうがいいかもしれないな」

「えぇっ！　わ、わたしは優しさウェルカムなの！　できれば凄く気遣って甘やかしてくれるほうが嬉しいの！」

「なんか、ろくでもないこと言ってるなあ……」

やはり、白雪には優しさと気遣いは控えめでよさそうだ。

甘やかしたら、本気で留年してしまう。

「とにかく、徹底的に話を聞いてもらうぞ。今日を逃したらそのまま逃げられそうだし」

「うううっ……！」

白雪が変な唸り声をあげる。

どうやら図星だったらしい――

「に、逃げたら追ってくるの？」

「地の果てまでも追いかける。俺は女友達のためなら、割としつこくなるぞ」

「わぁ、なんか本当のことを言ってるって、湊さんの目から伝わってくるの」

「ああ、俺は本気だ」

湊から見れば白雪との繋がりは〝自宅そばのコンビニ店員〟だ。

友達といっても、葉月たちのようにいつでも好きなときに会える関係でもない。

もし白雪に避けられたら、捕まえるのは難しいだろう。

そして、白雪の説得は今日にでも済ませる必要がある。時間は残されていない。

「は、話を聞くのはいいの。お友達だから……でも」

「うん？」

湊が聞き返すと、白雪は立ち止まり、じーっと湊の目を見てきた。

「ちょっと、付き合ってほしいな～なんて？」

「付き合うってなににだ？」

「夜遊び」

「………」

午後十一時を過ぎた。

一月の夜風はさらに冷たくなったような気がして、湊は身体をわずかに屈める。

「というか白雪、マジでコート着ろよ」

「大丈夫、大丈夫。さっきあったかい紅茶飲んだし、全然平気なの」

「本当かよ……」

どう見ても寒々しいし、なんなら見ているだけで湊のほうが寒くなるほどだった。

「遊んでたら、寒さなんてどうでもよくなるの」

「う、うーん……俺、夜遊びとかはちょっと苦手なんだよな」

「でも、親には怒られないんだよね？」

「ウチの親父、最近忙しいらしくて。今日も出張だしな」

葉月の母親が長期出張から帰ってきたのと入れ替わりのように、湊の父親が留守がちになっている。

もちろん、湊の父と葉月の母はまったく関わりはない。

父の会社でなにやら問題が発生しているらしく、あちこち飛び回っているそうだ。

クビになったり、会社が潰れたりはしないから安心しろ——とのことだった。

「だいたい夜遊びって、さっきからウロウロ歩いてるだけじゃないか」

「ガチでどこも厳しいらしくて。明らかに未成年だと、どこのお店も入れてくれないの。カラオケとかファミレスとか行きたいのに」

「けっこうなことじゃないか」

湊は自分が夜遊びに興味ないものだから、若者が夜に徘徊しなくなるのはいいことだと思っている。

「でも、夜中に出歩くだけでもちょっと楽しくない？」

「うーん……まあ、非日常感はあるかな」

実を言うと、湊もちょっとしたワクワクがないでもなかった。

それに加えて、隣を歩いているのはファッションこそ変わっているが、並外れて可愛い女の子だ。

カノジョではなく友達とはいえ、男子なら嬉しくないわけがない。

「でしょでしょ。あ、お巡りさんがいたらすぐに逃げようね。でも、自然に自然に。当たり前みたいな顔して、角を曲がったりして撒いてね」

「撒いてね、じゃねぇんだよ。白雪、慣れてるだろ」

白雪は、夜はずっと一人でウロウロしている疑惑すら出てきた。

夜遊びを怖がっていないようなので、危険な目には遭っていないのだろうが……。

「今日は俺がいるからまだマシだけど、女子の一人歩きは危なくないか？」

「この前のストーカーどころじゃない、金髪茶髪のヤバイ男子たちに絡まれたこともあるの」

「ええっ!?　ちゃんと逃げられたのか!?」

「たまたまお巡りさんが通りかかって、助けてくれたの」

「……そういうときは警官に頼るんかい」

白雪は、相当ちゃっかりした性格らしい。

もっとも、それくらいのほうが湊としても安心できるが。

「けど、ちょっと休もうか。バイト、ずっと立ちっぱなしだったし」

「やっぱ疲れてるんじゃないか。休むといっても店に入れないなら……」

まさか、こんな夜中に女子を家に連れ込むわけにもいかない。

女友達といっても、白雪はヤらせてもらえる葉月たちとは少しばかり違うのだから。

「そこはわたしに任せて。これでも夜遊びのプロだから」

白雪は不敵に笑って、ぐっと拳を握り締めて掲げる。

湊としては、夜遊びの素人でいいから学校に通ってもらいたいところだ。

そんなことを思いつつ、白雪に連れられて歩くこと十分ほどで——

「というわけで、到着なのー」

「……この時間に高校生が入れる店はないって言わなかったか？」

湊と白雪がやってきたのは、雑居ビルに入っているネットカフェだった。

受付にいた中年男は特になにも言わず、白雪が差し出した会員カードを受け取っていた。

「湊さん、まだまだ甘いね」

白雪は、立てた人差し指を顔の前で振ってみせた。

「お子様は知らないだろうけど、何事にも例外はあるの」

「悪かったな、夜遊びもしたことない子供で」

実は、湊はネカフェに来たこと自体が初めてだったりする。

深い理由はなく、特に用がないので来たことがなかっただけだが——簡単にネカフェに出入りする白雪がちょっと大人に見えている。

「ここ、ドリンクバーはもちろん、ソフトクリームの食べ放題もついてて、しかも身元のチェックもザルで穴場なの」

「それこそ警察とか踏み込んでこないだろうな？」

嫌だぞ、署に連行されて親呼び出しとか——

湊は父親に数年ぶりに怒られ、葉月にからかわれ、瀬里奈に心配され、伊織に説教される未来まで想像してしまう。

「大丈夫、そうなっても注意されて帰されるだけだから。警察もわざわざネカフェにいるだけのクソガキを長々と相手するほど暇じゃないの」

「クソガキって」

湊も自分を良い子とは言わないが、悪いことなどした覚えもない。

警察に注意されると想像しただけで怯んでしまう。

「そんなことより……二人で入ったのはわたしも初めてだけど、ちょっと狭いの」

「ペアシートなのに、だいぶ窮屈だな……」

湊と白雪の二人で入ると、普通に座っているだけで腕や脚がぶつかりそうになる。

ペアシートでこれほどぎゅうぎゅうなら、シングルの部屋はどれだけ狭いのか。

「仕方ないね。湊さん、我慢して」

「うっ……」

すっ、と白雪が顔を寄せてくる。

別に他意はないのだろうが、こんな密室で迫られるとドキドキしてしまう。

「湊さん、飲み物どうぞ。ソフトクリームは本当にいらないの？」

「身体冷えてるのに、さすがにソフトクリームはなあ」

この部屋に入る前に、湊と白雪はドリンクバーで飲み物を取り、白雪はソフトクリームも持ってきている。

寒い中を歩いてきたので、湊はソフトクリームよりおでんか肉まんがほしいくらいだ。

「暖房が効いたお部屋で食べるソフトクリームがいっちゃん美味しいんだから。湊さんは人生の幸せを捨ててるね」

白雪は薄着で寒かったはずだが、美味しそうにソフトクリームを舐めている。

湊はまだ身体が冷えているので、ソフトクリームなど見たくもないくらいだ。

「俺は他の幸せがあれば――って、そうだよ、そんなことより！　不登校のことだ！」

「声おっきいの」

「……強引にでも方向転換しないと、この話に入れないだろ」

「お話聞くけど、ソフトクリーム食べながらでいい？」

「それは好きにしてくれていい」

真面目な話をするつもりだが、ソフトクリームを取り上げるのも気が引ける。

湊は、ふうっと大きく深呼吸して。

「食いながらでいいから、話を聞いてくれ。そもそも、なんで不登校なんだ？」

「デリケートなお話をストレートに訊いてくるの」

「うっ……でも、ここから始めないと。不登校の原因を取り除かなきゃ、学校に出てこられないだろ。そりゃ言いにくいこともあるだろうが……」

「あ、もしかしてイジメとか思ってる？　全然そういうんじゃないの」

「そ、そうなのか？」

湊が真っ先に思いついた原因はイジメだった。

実際、不登校の原因として少なくないはずだが――

「靴を隠されたり、教科書を破かれたり、教室で机にお花を飾られたり、そういうことは一切ないの」

「それはまたテンプレなイジメだな……でも、そういうヤバい話じゃないのか」

「凄いこと想像してるなら、期待を裏切っちゃうけど……たいした原因なんてないの」

「そんなことはないだろ。不登校って、割と人生への影響デカいんだし……」

たいした原因もなく、留年の危機を迎えているとは想像しづらい。

「嘘なんてついてないの。うーん、強いて言うなら……制服が気に入らなかった？」

「本当のところは？」

「ほ、本当なの！　きっかけは割とそんな感じだったの！」

白雪はソフトクリームの残りを急いで食べると、立ち上がった。

狭いので、黒のミニスカートが湊の視界いっぱいに入ってくる。

「ほら、わたしってこういう感じのファッションが大好きなの。毎日似たような服着てるけど、全然飽きないいくらい気に入ってるから」

「それはわかるが……私服は私服、制服は制服じゃないのか？」

「わたしには、お洋服はそんな割り切りをできるほど軽いものじゃないの。本当は私服登校できる高校に行きたいくらいだったから」

「あー……この辺は私服登校可の学校ってないよな」

湊も進学の際にこのあたりの高校は一通り調べたので、それは知っている。

「そうなの、ガチでないの。私服可の学校、だいたい遠すぎるか、偏差値高すぎてわたしには無理ってところばっかりで……」

「それで、仕方なく室宮を受験したのか」

「うん。実は、何度か登校はしたんだけど、毎朝鏡の前で制服姿の自分を見るだけで嫌になっちゃって……こんな格好で人前に出るの、嫌なの」

「なんとか保健室登校はしてたわけか……」

保健室なら常駐しているのは保健の先生だけだ。

治療のために他の生徒がやってきても、姿を見られないようにするのは簡単だろう。

「それも疲れちゃって、だんだんめんどくなって……二ヶ月くらい前からすっかり登校しなくなっちゃったの」

「どうしても制服が嫌なのか。室宮の制服、けっこう可愛いと思うけどな」

「まあ、絶対に許せないってほどでもないの」

「どっちなんだよ!?」

湊は、段々頭が痛くなってきた。

白雪という女の子は、つかみ所がないなんてレベルではない。

「だから、たいした原因はないって言ったの。行きたくないって思って、行かずにいたらどんどん学校から足が遠のいて、なんとなーく不登校になっちゃった感じ。そういう子、たぶん少なくないと思うの」

「そういうもんかな……」

湊が首を傾げていると、白雪のほうはこくんと頷いてまた湊の横に座った。

その話が本当なら、確かに〝たいした原因はない〟。

ただ、逆に面倒かもしれない。

なんらかの問題が発生した際、原因がはっきりしていれば解決もしやすいだろう。

たとえば伊織の場合は、王子様系生徒会長としての自分と、女の子らしくなりたい自分の間で揺れていた。

湊は強引に伊織にドレスを着させて、自分がなりたい本当の姿に気づかせたが――

おそらく、白雪の場合は仮に私服通学を学校に認めさせても解決しない。

そうなると――

湊は広くもないペアシート内であぐらをかいて座り、思考をまとめていく。

白雪を登校させるためには、原因を突き詰め、問題を解決しようなどと考えてはいけない。

もっとガンガン白雪にぶつかっていく以外に方法はないだろう――

「白雪、率直に訊くが、学校に出てくる気はないのか？」

「今のところないかなあ……」

「今、その気がなかったら留年するんだよ。というか……こういう話、されるの嫌か？」

「ううん、担任と学年主任と保健の先生と両親と祖父母にしか説教されてないから、新鮮で悪くないの」

「けっこういろんな人に説教されてんじゃねぇか」

新鮮さなどかけらもないだろう。

「まあ、その人たちの話は右から左に流れてたから」

「俺の話は流さずに聞いてほしいな。この前会ったばかりの俺に説教されても面白くないだろうが……」

「湊さんは友達だから聞くの。家族とか先生とは違うから、大丈夫」

「……優先順位、ちょっと変じゃないか？」

湊の感覚では友達より、家族や先生の話のほうが重要度が高い。

少なくとも、学校のことに関してはそうだろう。

「家族にも説教されてるのに、不登校を続けてるんだな……」

「だいたい、不登校の子なんて家族に説教されまくってるんじゃない？　〝まあいいよ〟なんてお家は少ないと思うの」

「そりゃそうだが……」

どうも、白雪は不登校を悪いことだと思っていないようだ。

高校入学から保健室登校と不登校を続けてきて、感覚が麻痺(まひ)しているのだろうか？

「いや、もうちょっと訊かせてくれ。不登校なのにバイトしたり、こんな風に夜遊びして て親にはなにも言われないのか？」

「親はもうだいぶあきらめてるの。それに……」

「それに？」

「不登校で引きこもりになるより夜遊びやバイトをしているほうがマシって言ってるの、ウチの親」

「待て待て、そんなの不幸中の幸いとも言えなくねぇか……？」

社会との接点を持っているという意味では、引きこもりより良いと言えなくもない。

ただ、引きこもりよりマシ、というところで思考停止するのはまずいだろう。

白雪の両親は、何事にも良い側面を見つけようとしているのかもしれない。

ポジティブなのはけっこうだが、不登校は充分に大問題だ。

「ふう、ソフトクリームのあとの熱い飲み物も美味しいの。湊さんも飲んだら？」

「美味いけどな……俺は白雪の両親ほど割り切れないんだよ」

湊もドリンクバーで入れてきた熱いココアを飲みながら、ため息をつく。

俺はなにをしてるんだろう、と思わなくもない。

「あのさ、俺が言うのもなんだけど……同じ学校の俺と友達になったんだから、考えが変わらないか？　もちろん、一緒に登校するぞ」

「うーん……」

白雪はずーっと紅茶をすすっている。

「葉月もいるし、葉月なんて友達山ほどいるから、白雪のクラスにも友達いるぞ、たぶん。そいつを紹介してくれるんじゃないか？　俺のクラスには、誰にでも優しい聖母みたいな友達もいるし」

もちろん、瀬里奈のことだ。

瀬里奈なら、不登校の白雪にも親切にしてくれるだろうし、面倒も見てくれるだろう。

男子の湊より、瀬里奈のほうが適任まである。

「わたしはまだ、ギャルのお友達も聖母のお友達もいらないや。正直、湊さんだけでキャパが限界」

「限界、早くねぇ!?」

湊も決して友達が多いほうではないが、一人でいっぱいになるというのは——

いや、と湊は思い直す。

不登校ならば学校に友達がいなくても不思議はない。

いきなり、葉月や瀬里奈のようなキャラ濃い目の友達はハードルが高そうだ。

「……だってね、わたし」

「うん？」

「わたし、小さい頃からお友達がいないの」

「友達がいない……？」

「うん、理由はよくわかんない。でも、わたしが自分のことばっか考えてたからかも。周りの人のこととかどうでもよくて、わたしがどんな服を着るのかが大事で」

「そ、それは……ちょっと極端かもな」

「今はこれでも少しマシになったの。わたし、自分のことばかりじゃなくて、人に自分がどう見えるかも気になるようになったから。バイトのおかげかも」

「周りの目を気にするようになったってことか……」

経緯はともかく、社会性が身についてきたならいいことだ。

ただ、白雪は友人がいないまま成長してきて——まだ子供のままなのかもしれない。

甘えたような顔をよくするのは、子供だからと考えると理解もできる。

「高校でも友達できないんだろうなあって思ったのも不登校の原因かも。だから……」

白雪は、ちらちらと湊の目を見てくる。

これで彼女が言いたいことがわからないほど、湊も鈍くはない。

「俺が一緒にいるって約束する。だから、保健室でもいいから学校出てこないか？」

「わかった」

「え？」

「わかった、わたし学校行くの」

「そ、そうか……それなら……」

湊は、正直なところ拍子抜けしてしまった。

最悪、説得に一晩――それどころか数日かかるかもしれないと思い始めていたところだ。

ここからもっと白雪にガンガンぶつかっていくつもりだったのに。

まさか、こんなにあっさりと白雪の説得に成功するとは。

白雪にとって、〝友達〟という存在は湊が思う以上に大きいのかもしれない。

「大丈夫、冗談じゃないの。ただ――くしゅっ」

「あ、おいおい。やっぱソフトクリームはやめとくべきだったな。風邪引いて、結局登校できないとかシャレにならん。今日はこのくらいにしておくか？」

「ダメ」

「ダメ？」

さっきから、一言で驚かしてくる白雪だった。

白雪は、紅茶の残りを一気に飲み干すと、また立ち上がった。

「ここまではわたしが湊さんの話を聞いたから、今度はわたしがお願いしていい？」

「え？　お願い？」

湊は友達にお願いをしてばかりで、お願いされるのは割と珍しい。

「湊さん、ゲームとかやる？」

「誰に口を利いてるんだ？」

「いきなり上から目線で来たの！」

「おっと、ごめん。俺、こう見えてゲームは大好きなもんで」

「そうなんだ。じゃあ、話は早いね」

「うん？」

白雪は、湊の前に顔を近づけてきて――にこっと笑う。

「もっと遊ぼ」


「なんだ、ここ？」

「わたしのお家」

白雪に連れられて、ネカフェから十分ほど歩いて――

到着したのは、四階建てのアパートだった。

築年数は新しすぎず古すぎずといった感じで、落ち着いたデザインの茶色い建物だ。

「し、白雪の家なのか……」

「さっきのネカフェも安全じゃないから。補導されたらイヤでしょ？」

「そりゃ困るが……」

「ソフトクリーム食べて満足したし。あとは家で遊ぶのが安全なの」

「それは――」

頷きかけて、湊は慌てて首を振る。

「いやいや、もう十二時近いぞ。こんな時間に人ん家にお邪魔するわけには――」

「大丈夫、わたしは湊さんウェルカムだからそれでオッケー」

「へ？」

呆気に取られる湊の前で、白雪はさっさとアパートに入っていった。

湊は仕方なく、その後を追う。

「はい、どうぞ入って」

「入ってって……」

「こんな時間に廊下でボソボソ話してたら、隣の人に悪いし」

「……帰るのはダメなんだろうな」

ひとまず、白雪の説得というミッションに成功したところだ。

中途半端なところで帰って、「やっぱ無し！」にでもなったら目も当てられない。

白雪が部屋のドアを開けて中に入り、湊もついていく。

玄関の向こうはキッチンで、さらにその向こうに部屋が一つあるようだ。

「1Kだから狭いの。ごめんね」

「そ、それはいいんだが……」

湊は白雪とともにキッチンを通り抜け、その先の部屋に入った。

床はフローリングで、広さは六畳ほど。

薄いピンクのカーペットが敷かれ、カーテンもピンク。

壁際にピンクの可愛いシングルベッドが置かれ、部屋の中央にはローテーブル。

あとは四〇インチくらいのＴＶに、ゲーム機が繋がっている。

どう見ても——完全に一人暮らしの部屋だった。

「おい、白雪……この家、他の家族とかは……？」

「いないよ、見てのとおり。家族で暮らすにはちょっとキツいよね、この狭さは」

「ひ、一人暮らしなのか……」

湊は思わず絶句してしまう。

湊と葉月は親が一人、しかも多忙で家を空けがちなので一人暮らしのようなものだ。

だが、〝一人暮らしのようなもの〟と〝一人暮らし〟は似ているようで全然違う。

高校生で実家を出ているというのは、実のところかなり珍しいのではないか。

「俺、女子の一人暮らしの家に上がり込んでんのか……」

湊はあの狭いペアシートで白雪に密着していたときよりも、ドキドキしている。

まさか、一人暮らしの女子の家を夜中に訪ねることになるとは。

今からでも帰るべきではないか、と思ってしまう。

「どうかしたの、湊さん？」

「……いや」

こいつ、俺を動揺させてからかってるんじゃないだろうな？

湊は思わず疑ってしまうが、じぃっと向けてくる白雪の目に邪気は感じられない。

別に、邪気を感じる能力を備えているわけではないが。

「そ、それより……なんで一人暮らしなんて始めたんだ？」

「保健室登校を始めてしばらくしてから、家を出たの。一度気分を変えてみたいって言ったら、アパートも家具も親が全部手配してくれて」

「甘やかされてるんだか、突き放――いや」

「突き放されてるのか、わたしもわからないの」

「………」

湊が飲み込んだ言葉を、白雪は即座に読み取ったらしい。

「家賃と光熱費、食費分はもらってて、遊びのお金は自分で出してるの。このゲーム機も自分のバイト代で買ったよ」

「それは俺に突き刺さるな。バイトもしてない身としては……」

「湊さんもウチのギャラマで働く？　人手足りないし、ピンク髪でも採用してくれるから、真面目そうな湊さんなら即採用なの」

「来年度から、そろそろマジで考えようとは思ってる」

葉月たちにヤらせてもらうときに使うアレも、数がかさめば費用も馬鹿にならない。

瀬里奈用のはあまり使わずにヤらせてくれるので、彼女の許可をもらってたまに流用しているが……。

「最近は穂波用も買ってるし、そろそろ茜用のも必要になりそうだからなあ」

「ほぇ、なんのお話なの？」

「ああ、気にするな。それより、もしかしてこっちにあるのは……」

湊は実は、さっきから気になっていた。

ＴＶに繋がっている最新の家庭用ゲーム機は珍しいものではないが、そのゲーム機のそばに置かれているものは普通のゲーマーはあまり持っていない。

「わたし、格ゲー専門なの」

「へぇ……アケコンを使うのは本格的だな」

ゲーム機のそばにあるのはアーケードコントローラー、通称〝アケコン〟だ。

大きくて使いやすいレバーとボタンが配置されたコントローラーで、ゲームセンターの筐体についているものに近い操作感が得られる。

格闘ゲームはレバーやボタンの操作が複雑で、通常のコントローラーでは入力をミスしてしまうことが多い。

アケコンは断然入力がしやすく、レバー操作とボタンの組み合わせで放つ必殺技を発動させやすい。

「そういや、最近は格ゲーも熱いらしいなあ。俺はＦＰＳ勢だから詳しくないけど」

「そうそう、今一番熱いタイトルが『スタジアム・バトラー７』。わたし、バイトか夜遊びかスタバトばかりやってるの」

「………………」

ゲーマーの湊には、羨ましい生活でもある。

「オンライン対戦でランク盛ってくのが熱いの。わたし、やっとプラティナ」

「プラティナ……まだ上がありそうだな」

白雪の説明によると、プラティナの上にはダイア・マスター・グランドマスターの高位ランクがあるらしい。

「この手のゲームをソロで遊ぶときはランク上げがモチベになるもんな」

「あと、わたしの場合はバイトサボっちゃえば時間が無限にあるから、ランクだけが生き甲斐っていうか」

「………………」

白雪は、感覚が普通の学生とはかなり違っている。

こんな面白い娯楽があれば、引きこもりやニートが増えるのも当然のことだろう。

自分も素質はありそうなので気をつけよう——と密かに決意する湊だった。

「さ、最近は女子の格ゲーマーも多いって聞くが、白雪はなにがきっかけなんだ？」

「学校サボり始めて、まず入り浸ったのがゲーセンなの。カラオケとかネカフェはあまり長時間いられなくて。一人で歌ってもつまんないし、ネカフェは狭いし」

「なるほど……」

「最初はダンスゲームやってたの。ほら、実際にステップ踏んで遊ぶヤツ」

「あー、そういうの今でもあるんだな」

「そしたら、後ろにすっごいギャラリーが集まるようになって。店長さんが『盗撮する人が出そうなので控えてもらえると……』って、死にそうな顔で言ってくるもんだから、やめちゃった」

「……店長さんも大変だな」

白雪がゲーセンでダンスゲームを遊んでいる姿を想像する。

この地雷系ファッション大好きな女友達は、いつもミニスカートで無防備にステップを踏んでいたのだろう。

そのスカートの下を覗きたがる犯罪者が出ても不思議はない。

「次にハマったのが格ゲーで。ただ、みんな強くて、負けっぱなしだったからお家で鍛えようと思って始めたの。そしたら、ゲーセン行かなくなっちゃった」

「オンラインで対戦できりゃ充分だもんなあ。毎回、コインを入れてると金もかかりすぎるし」

「そうそう、そうなの」

白雪は、こくこくと頷いている。

「それに……」

「なんだ？」

「格ゲー、すっごい楽しいの。見ず知らずの相手に殴る蹴るの暴行して、ボッコボコにするの爽快なの」

「………まあ、無双できりゃ楽しいよな」

もしかして、不登校生活はストレスがたまるのだろうか。

バイトはただの労働だろうし、夜遊びといっても店で騒いだりしているわけでもない。

「じゃあ、スタバトやってみるか。俺、初心者だからボコれるぞ」

「ボコられてる相手の顔を見ながら遊ぶのも一興なの……！」

白雪の辞書に遠慮の二文字はないようだ。

もっとも、湊も勝負となれば女友達が相手でも遠慮などしない。

「湊さんにもアケコン貸してあげるの。何台か買って試したから、湊さんの分もあるの」

「完全に格ゲーにハマってんだな……」

湊はありがたくアケコンを借りることにする。

格ゲーはほとんど未履修とはいえ、いくつかのタイトルは軽く遊んだことがある。

白雪のストレス解消に役立つほど弱くはないはず――

「やったー、勝ったの！」

「上手っっっっ！」

湊は白雪の体力ゲージを一ミリも削れずに完封されてしまった。

こちらの攻撃は完全にガードされ、時にはパリィで弾かれ、ステージ端に追い詰められてガードを固めたら摑まれて投げられる。

そして、白雪は絶妙のタイミングで必殺技を発動させて、湊の体力ゲージをゴッソリ削ってくる。

絵に描いたような初心者狩りだった。

「湊さん、筋はいいと思うの」

「ど、どうも……」

狩られた上に、適当な慰めまで言われて湊のゲーマーのプライドはボロボロだった。

「慣れたらもっと戦えると思うの。もうちょっとやってみる？」

「白雪、苦手なキャラを使ってくれ！」

「遠慮ないの、湊さん」

そう言いつつ、白雪はほとんど使ったことがないというキャラを選んでくれた。

「さあ、かかってくるがよい。遊んであげるの」

「お、俺が遊ばれるなんて……せめて一矢報いてやる！」

湊は、気合いとともにアケコンをガチガチと音を鳴らしながら操作し始める。

慣れないキャラなら、必殺技の入力コマンドすら怪しいだろう――それなら、湊にも勝ち筋はあるはずだ。

そう思った時期もあったが――

「はい、勝ちなの！　今回もパーフェクト！　わたし、パーフェクトウィン！」

「必殺技が発動できなくても、パンチと蹴りだけで完封されてるじゃん！」

「うーん、自分の才能が怖いの」

白雪は一応手加減してくれているようだが、強くなりすぎているようだ。

湊はローテーブルにアケコンを載せてプレイ。

一方、白雪は床にアケコンを直置き(じかお)きして、その前にあぐらをかいている。

どう見ても白雪のほうがプレイし辛(づら)そうなのだが……彼女はいろいろ追究した結果、このプレイスタイルを編み出したようだ。

「湊さん、アケコンじゃなくてパッド使って見る？　FPSはパッドも使うでしょ？」

「いや、せめてアケコンでゲージをミリくらいは削りたい！」

「志が低い！　もうちょっと頑張ってほしいの！」

「つってもなあ……」

「だってわたし、一緒にお家で格ゲーできる相手、湊さんしかいないから。もっと強くなってほしいの」

「うう……」

そう言われると、自分が不甲斐なく思えてくる。

確かに不登校の白雪には、友達を家に呼んでゲームを遊ぶのはハードルが高いのだろう。

「俺は、アケコンの操作に慣れるところからだな。白雪はよくそんな体勢で――」

「え？　どうしたの……って、あっ」

白雪はアケコンの前であぐらをかいているが、プレイ中に身体が動いたのかスカートの裾が乱れて、白い太ももが見えている。

この前見た、あのタトゥーが見えるか見えないかの際どいところだ――

「も、もしかして、湊さん……またタトゥー、見たい？」

「い、いや、この前見せてもらったんだし、もう……」

「わたしの自慢のタトゥーだから、何度でも見てほしいくらいなの……」

「じゃあ何度でも見せてくれ！」

「いきなりがっついてきたの！」

白雪は、まだ湊の欲望に忠実な姿を見慣れていない。

驚かせたのは反省するべきだった。

「悪い。でも見たい」

「謝っても見たいことは否定しないんだね……も、もうほとんど見えてるし……いいの」

白雪が、すすっと黒のミニスカートをめくり——紫の蝶《ちょう》があらわになる。

ついでに、ちらっと赤いパンツも見えている。

「おお……今さら言うのもなんだが、パンツも見えていいのか？」

「タトゥーを見てもらえるなら……パ、パンツくらいついでに見せてもいいの……」

「なんか俺ばっかり得してね？」

「見てもらってわたしも嬉しいの。パンツも……選びに選び抜いた可愛くてエッチなヤツだし。これも人に見せる機会はないから……見てもらって、ちょっと嬉しいかも」

「機会があったら困るんじゃないか」

一つ間違えば、「パンツを見てもらって嬉しい」というのは際どすぎる発言だが。

そう思いつつ、湊はちらちらとタトゥーとパンツを見続けてしまう。

自分でも意外なことに、パンツだけでなくタトゥーにも視線が向かっている。

この綺麗なタトゥーも白雪の魅力の一つで——

エロい下着にも負けない魅力があるからなのかもしれない。

「ヤバい……もっと見ていいか、白雪？」

「い、いいよ。もうちょっと……よく見えるようにするの」

「おお……」

白雪はアケコンを横にどけて、さらに黒ミニスカの裾をめくっていく。

蝶のタトゥーがはっきり見え、さらに赤いパンツももう全体が見えてしまっている。

「また今さらだが、本当にこんなに見せてもらっていいのか……？」

「違うよ、湊さん。わたしがタトゥーとパンツを見てもらってるの。タトゥーを気に入ってもらったのはもうわかったけど……今日のパ、パンツはどう……？」

「すげーエロくて可愛い……白雪はパンツは赤が好みなのか」

「う、うん。あとは紫とか……ちょっとエッチそうな色が好き。あ、別にわたし、エッチな女の子じゃないの。どうせ誰にも見せないから好きな色の下着をつけてるだけなの」

「そ、そうか。つーか今、思いっきり見せてるけど……」

「湊さんには見てもらいたいの。もっと思いっきり……見せようか？」

「もうこれ以上見せようが……」

白雪のパンツはほぼ丸見えだ。

これ以上となると、下着の中――と、そこまで考えて湊は首を振る。

先日、友達になったばかりでパンツの中を見せてもらうのはあまりにもスピードが速すぎる。

いや、茜との仲もかなりの高スピードで進んではいるが。

「む、無理はしなくていい。俺も友達に無理はさせたくないんだよ」

「わたし、無理なんてガチでまったくしてないの」

白雪は、ふるふると首を横に振る。

「それに……負けてばっかの格ゲーじゃ面白くないでしょ？　せっかくの夜遊びなのに」

「家で遊ぶのも夜遊びっていうのかな……」

「わたしの場合は言うの。不登校でも高校生だから、夜はお家じゃないと思いっきり遊べないのが現実なの」

「………」

実際は高校生だろうと、外で夜遊びをしている連中は珍しくない。

ネットカフェだけでなく、カラオケやファミレスに出入りしている高校生たちもいるだろう。

なんならもっと不健全な場所に行っていてもおかしくない。

真面目な瀬里奈や伊織が知ったら、目を剥くようなとんでもない遊びだ。

白雪も実のところ真面目だから、そんな遊び方をするつもりはないのだろう。

「あの、湊さん、タトゥーもっとよく見て」

「え？」

「タトゥー入ってるのに学校行って大丈夫か確認してほしいの」

「俺が？　俺が判断できることじゃないし……でも、これなら全然大丈夫じゃないか？」

湊は、今度は下心なしで白い太ももの内側に彫られたタトゥーを見る。

紫色で、サイズは直径五センチくらいだ。

色合いはそこまで派手ではなく、太ももの内側にあるのでぱっと見では気づかない。

「ウチは体育もショートパンツだし、この時期はだいたいジャージをはいてるだろうし、制服でもこの位置ならスカートで隠れるだろ」

スカートがめくれたり、下から覗き込んだりしたら見えるかもしれないが……。

じっと見ない限り、タトゥーではなくアザかなにかと思われるだろう。

「体育の着替えのときだけ、見えないように注意したほうがいいか。あ、ちょっと待て」

「うん？」

「おまえ、他にもタトゥー入れてないだろうな？　腕とかお腹とか……」

「い、入れてないの。これ一つ入れるだけでも一大決心だったの」

白雪は、垂れ目を尖らせて湊を睨んでくる。

「そ、そうだよな。やっぱこれ入れるのって痛いのか？」

「太ももはけっこう痛い部分だっていうね。確かに、割と痛かったの。だから、他には入れてないし、たぶんこれからも入れないと思う」

「痛かったなら、そう簡単に二つ目とはいかないよな」

その話を聞いただけで、湊は自分の太ももが痛く感じるほどだ。

俺はタトゥーを入れるのは絶対に無理だろう——そう確信する。

「まあ、人に見られる部分にタトゥー入れてないなら、問題ないか……」

「あ、まだ疑ってるの。わたし、嘘なんてつかないのに」

白雪は、ぷくっと頬をふくらませている。

やはりどこか、子供みたいな女の子だ。

「湊さん、他にタトゥー入ってないか確認してほしいの」

「へ？　あっ、おいおい！　今のは言い方をミスっただけで、疑ってるわけじゃ……！」

白雪が、ブラウスの胸元のリボンを外し、ボタンまで外し始めている。

女子の裸は毎日のように見せてもらっている湊でも、さすがに慌ててしまう。

白雪とは、まだそんな遊びをするほどの関係ではない——はず。

「だって、友達に疑われたくないの。だから、ちゃんとした証拠を見せておくの」

「待て待てって！」

湊(みなと)は、白雪(しらゆき)の手をしっかりと摑んだ。

既にブラウスのボタンが外れて、その下の赤いブラジャーがあらわになっている。

その胸は見た目より意外に豊かで――おそらく、Dカップの瀬里奈(せりな)と同じくらいのサイズのようだ。

「み、見て。少なくとも、胸のところにはなにも彫ってないの」

「わ、わかったって。悪かった、俺が疑ったのが悪かった」

謝りつつも、湊はついつい白雪のブラジャーに包まれた胸を見てしまう。

谷間もできていて、白雪が前屈みになっているので、余計にふくらみが大きく見える。

葉月(はづき)のGカップや伊織(いおり)のFカップに比べれば小さくても、また別のエロさがあってたまらない。

「俺が悪かったから、もう服を戻して――」

「悪くないんじゃない？　わたし、疑われても全然おかしくない、怪しい女子なの」

「自分で言うかな……」

ピンク髪でピンク色の地雷系ファッション、しかも不登校で夜遊びの常習犯。

怪しいことこの上ないが、湊は白雪を悪い子だとはまったく思っていない。

「タトゥー入れてくれたおねーさんが言ってたの。胸のあたりにタトゥー入れる女の子、けっこういるって」

「そ、そうなのか。なんかエロいな」

「エロい？　それだけ？　湊さん、真面目そうだからタトゥーは嫌がるかと思ったの」

「別に嫌ではないな」

女子の服の前をはだけたら、蝶のタトゥーがちらりと覗く――

「想像するだけで、むしろ興奮するくらいだな」

「性癖があらわになってるの⁉」

最近の湊は、葉月たちの前ではなんでもストレートに言ってしまう。

どうもそれがクセになってしまっているようだ。

「いや待ってくれ。興奮するからって、胸にもタトゥーを入れてくれって言ってるんじゃないぞ？」

「それはわかってるの。太ももより胸のほうが痛そうだから、わたしもできれば避けたいかも」

「だったら、胸はやめといたほうがいいな。脚のタトゥーだけでも可愛いし」

「わっ、そう言ってくれるのは嬉しいの」

白雪は自分の太もものあたりを触りながら、顔を赤らめる。

「でも、やっぱりわたしって普通の女の子じゃないと思う。だから、変に思われても仕方ないし……」

「俺は普通の男の子だから、ちょうどいいんじゃないか？」

「あははっ」

白雪は、ブラウスをはだけたままで笑う。

「わたしが変だってことは否定しないんだね。そういう正直なトコ、いいと思うの」

「相手によるだろうな。正直ならいいってもんじゃないだろうし……」

「わたし、一つ隠してたことがあるの」

「な、なんだ、いきなり？」

白雪は、ずいっと湊のほうに顔を近づけてくる。

ブラジャーに包まれた胸の谷間もさらに近い――いや、湊の身体に先端が当たっている。

ぷにっと柔らかさが伝わってくるが、白雪のほうは当てていることに気づいていない。

「実はわたし、髪をピンクにしたの、二ヶ月くらい前なんだよね」

「二ヶ月前？　割と最近なんだな」

ツインテールのピンク髪のインパクトが強いので、他の髪色や髪型が想像つかない。

「前々からピンク髪には憧れてたんだけど。でも、ピンクはさすがに度胸がいるから……

前はパープルだったの」

「それも相当じゃないか？」

「ダークな紫で、そんなに目立たなかったの」

「あー、そういう色か」

湊にも、なんとなく想像がついた。

どちらかというと黒か紺色に近い系統の髪色だったのだろう。

「って、なんの話をしてるんだ？」

「わたし、馬鹿だから。整理して話すの苦手なの。だから、話が回りくどいかも。えっと……前にコンビニの近くで、湊さんたちを見かけたって言ったよね」

「ああ、俺と葉月がいるところを見られてたって」

「室宮の生徒なのも制服でわかったし。湊さん、わたしに気づいてくれないかなーって思って……」

「んん？　まだ話が見えないが……白雪がピンクの髪にした件、俺が絡んでるのか？」

湊には、まったく思いもつかない話だった。

自分の何気ない行動が、女友達に影響を及ぼすのは過去に何度かあったが……。

ただ葉月と歩いていただけで、知らない女子をピンク髪に染めさせていたなど想像できるはずもない。

「わたし、ずっと不登校で、保健室登校してたときも校内で誰とも関わらなかったから。友達がいなかったから。でも、室宮の子とお友達になりたいとは思ってて……一緒に遊んでくれる人がほしかったの」

「そのためにピンクの髪って……」

「ピンクにしたらわたしのこと、気にしてくれるかなって。目立っていたら、わたしに声をかけてくれたりするかなって」

「……声をかけてくれるヤツはいたな」

危険なストーカー男が寄ってきたのは、白雪にも計算違いだっただろう。

いや、髪がピンクでなくてもこれだけ可愛ければ男がいくらでも寄ってくるだろうが。

「でも、なんで俺だけ？　葉月も室宮の生徒だって気づいてただろ？」

「ギャル怖い」

白雪はきっぱりと言い切った。

友達としては、湊のような人畜無害そうな男のほうがハードルが低いのかもしれない。

「あ、ううん、葉月さんが悪い人じゃないのはわかってるの」

「……まあ、俺も最初は葉月に圧を感じてたから、人のことは言えないけどな」

なんなら、葉月と穂波以外のギャルはまだ怖いまである。

「そうだよね。そういう湊さんだから……わたし、頼ってみたいの」

「頼る？　あ、ああ、頼ってくれていい」

まったくそういうガラではないことは自覚しつつ、湊は頷く。

最初の目的を忘れてはいけない。

とにかく、なんとしても白雪を学校に連れてこなければならない。

騙(だま)すというほどのことでもないのだから、強気な態度を崩すべきではないだろう。

「じゃあ、湊さん……」

「なんだ？」

「わたしたちが友達だってこと……確かめさせて」

湊は、一瞬考え込んでしまった。

友達だということを確かめる……どういう意味だろうか？

「って、ちょっと待て。そんな込み入った話をするなら、服をちゃんと着てくれ」

白雪はまだ赤いブラジャーと、真っ白な胸のふくらみをさらしたままだ。

しかも、ミニスカートの裾もまだ乱れていて、紫のタトゥーと赤いパンツも見えている。

「あ、そうだったの……」

「な、なにしてるんだ⁉」

白雪は、赤いブラジャーをぐいっと持ち上げて――おっぱいの下半分があらわになった。

もう、胸の頂点まで見えてしまいそうだ。

「わたし、湊さんと本当にお友達なのかなあ……？」

「な、なんだ、友達に決まってるだろ？　友達でもなきゃ、こんな夜中に人を家に上げないだろ」

「そう、わたしのほうはお友達のつもり。だけど、お友達って一方通行じゃダメ、きっと。わたし、友達いなかったから詳しくないけど、それくらいはわかるの。だから……」

「お、おい……」

白雪の顔が、湊のすぐ前まで近づいてくる。

もう、唇と唇がくっついてしまいそうだ――

「お、俺も友達だと思ってるって。友達になるのに契約を交わすわけじゃないし、疑われても保証はできないけどな」

「だから、友達として全部見せておこうと思って……ううん、見せておきたいの」

「み、見せたい？」

さっきから、湊は戸惑いっぱなしだ。

「湊さんも友達に見せたいものあるの？　友達とやりたいことは？　あるよね？」

「グ、グイグイ来るなあ」

「行くよ。だって、学校行くのってわたしには一大決心だもの。湊さんがいるから、行くんだもの。もっともっと、すっごくすっごく仲良くなっておきたいの」

「……仲良く」

湊が女友達と仲良くする方法――それは一つしかない。

「葉月さんとか、他にも女友達がいるっぽかったよね？　どうやって仲良くしてるの？」

「どうやってって……同じことをしてみたいってことか？」

「したい！」

白雪はさらに顔を近づけてきた。

そして――

「あっ」

ちゅっ、とほんの一瞬だけだったが、確かに唇が触れ合ってしまった。

白雪は、顔を赤くして座ったまま後ろに下がる。

「ご、ごめん。今の……あ、当たったよね。嫌だった……？」

「嫌なわけないだろ。なんなら、もっとしたい」

「えっ……し、したいの？　わたしなんかと……ちゅ、ちゅーしたいの？」

「したくないわけないだろ。白雪みたいな可愛い子と……」

湊はつぶやきながら白雪に近づき――白雪も片手を床についてまた近づいてきて。

ちゅっ……と唇を重ねた。

「ど、どうしよ。ちゅーしちゃったの。湊さんと、ちゅー……」

「そんな、何度も言わないでくれ。なんか恥ずかしくなってきた」

湊はこの数ヶ月で数え切れないほど女子とキスしてきたが、今回は妙に恥ずかしい。

初々しくて、まるで恋人同士のようなキスだったからだろうか。

「も、もっと恥ずかしいことでもいいの……湊さん、こんなわたしでいいのなら……」

「いやいや、白雪はめちゃくちゃ可愛いだろ。〝こんな〟とかおかしいって」

「わ、わたし、変な人には好かれるんだけど……ゲテモノ好きなのかと思ってたの」

「大変な誤解だな……」

もちろん、湊もゲテモノ好きではない。

いや、たまたま女友達がみんな桁外れに可愛いので自分の趣味がどうなのか、湊自身にも判断がつかないが。

「可愛い服が好きなだけで、自分が可愛いとはあまり思えなくて……」

「白雪はガチで可愛いって。いや、すっげー可愛い」

湊は白雪と向き合って座ったまま——

彼女の頬に手を添えるようにして、顔を上げさせる。

あらためて見ても、可愛いなどというレベルではない。

ピンクのツインテールという派手な髪型にもまったく負けていない、整った顔立ち。

やや垂れ下がった目に愛嬌があって、その美貌をさらに際立たせている。

「俺、なんか、もっとキスしたいかも……」

「ちゅ、ちゅーは……いくらでもかまわないの……あっ、んっ♡」

湊はそのお言葉に甘えて、ちゅっちゅとキスしていく。

唇を重ねてその舌を吸い上げて——さらにむさぼるように唇を味わう。

「……ふわぁ。み、湊さん、慣れてるの……？」

「あー、なんていうか……」

「う、ううん、湊さんの過去は問わないの。そんな野暮じゃないの」

「それ、男が言う台詞じゃないか？」

湊も、女友達の過去のお付き合いなどは気にしない。

「わ、わたしは完全に初めてなの……男の子と目を合わせたこともないくらいで……」

「いろいろ規格外だな、白雪は……」

箱入りお嬢様の瀬里奈でも、男子と目を合わせるくらいはしていただろうに。

ただ、湊は女友達の過去は気にしないが——

「白雪、初めてなのか……嬉しすぎる……！」

「う、嬉しいの？　初めての女は面倒くさいってネットで見たの。ただでさえわたし、不登校の地雷系で重たい女なのに……初めてが加わったら、男の子は嫌がるかもって」

「そ、そんなわけないだろ。俺はむしろ大歓迎だ」

湊は、白雪の柔らかな唇を何度も味わいながら言う。

女子の初めてをもらえるのは嬉しい——それが湊の偽らざる本音だった。

自分は散々、葉月や瀬里奈、伊織、穂波たちにヤらせてもらい、茜との準備も着々と進めておいて、勝手な話ではあるが。

「もっとわたしの初めてを……ぜ、全部でもいいの……まずはおっぱいとかなの？」

「うおっ……」

白雪は、上にズレていたブラをぐいっとさらに持ち上げた。

ぶるんっと震えながら、おっぱいが飛び出してくる。

「や、やっぱけっこうあるじゃないか……」

「そ、それほどでもない……の。Dカップとかだし……」

やはりDなのか、と湊は自分の見立てが正しかったことを確認して。

「Dなら上等すぎるくらいだろ。うん、乳首も……おお、綺麗だな。髪の毛と同じくらい綺麗なピンクだ」

「べ、別に乳首の色に合わせて染めたわけじゃないの……」

「わ、わかってるって。えっと、このおっぱい……」

「す、好きにしていいの……ぺろぺろしたりとか……するんだよね？」

湊は返事の代わりに、白雪の胸にむしゃぶりついた。

乳房全体をむさぼるように味わってから、乳首を口に含んで吸い上げる。

「んんっ……い、いきなり容赦なしなの……！」

「あっ……あんまり美味しそうだったもんだから……」

「お、美味しい？　ただのおっぱいなの……だから好きなだけ味わってもらっても……」

「そういう問題でもないが……でも、もっと……」

「ひゃうんっ♡」

湊がひときわ強く乳首を吸い上げると。

白雪が、ツインテールの髪を揺らして、甘い声を上げながらのけぞった。

そのまま、ばたりと床に倒れ込んでしまう。

「は、はぅ……今の、凄かったの……頭真っ白になっちゃった……の……！」

「そ、そうか……」

白雪は床に仰向けに寝転び、形のいいDカップのおっぱいが重力に逆らってお椀型の形を見せている。

黒のミニスカートも派手にめくれて、赤いパンツと紫の蝶のタトゥーもまた丸見えだ。

白雪のすべてを見せてもらっている――

彼女が愛する地雷系ファッションと、おっぱいとパンツと、タトゥー。

「いや、まだか……」

「う、うん……まだ見てもらってない部分もあるの……」

「………」

湊（みなと）は、赤いパンツを見てごくりと唾を呑（の）み込む。

何人もの初めてをもらった今でも、新しい女友達のすべてを見せてもらえるとなれば興奮せずにはいられない。

「い、いいのか？」

「うん……わたしと友達になってくれたんだから……いいの……」

白雪（しらゆき）は湊との友達としての絆（きずな）を――確かな形でほしがっている。

本当にこんな形でいいのか、とは思うが。

「あ、でも湊さん。一つだけお願いがあって……」

「え？　なんだ？」

湊が聞き返すと、白雪はピンクのブラウスの襟のあたりをつまんだ。

「服は全部脱がさないでほしいの……この服はわたしの身体の一部だから」

「ああ、最初から半脱ぎの予定だったから問題ない」

「予定立ってたの!?」

「もちろんだ」

湊は力強く頷く。

葉月（はづき）たちとの遊びでも、全部脱がしたことなど数えるほどしかない。

風呂の中や風呂上がりなど、全裸になっていたときに流れでヤらせてもらう以外は、常に半分くらいしか脱がさない。

「ちゃんと、白雪が大好きなこの服ごと――白雪とヤらせてほしい！」

「ヤ、ヤらせて……？」

白雪は大きな目を見開き、ぶんぶんと首を振った。顔を真っ赤にして――

それから、ぶんぶんと首を振った。

「ヤ、ヤってほしいの……湊さんに、わたしの友達の湊さんにヤってほしい……」

「……そっちからお願いしてくるのか」

「そう、ヤらせてほしいってお願いされるんじゃなくて……わたしがお願いして、湊さんにわたしとヤ、ヤってほしいの……」

白雪は寝転んだまま、湊の頬に手を添えてきて。

ちゅっとキスしてくる。

それから、はむっと湊の唇にかぶりつくようにして、激しく唇を重ねてきた。

「し、白雪……」

「あっ、んっ、んむむ♡」

湊も白雪の唇をむさぼり、舌を突っ込んで彼女の口内をかき回す。

さらに舌を絡め合い、白雪の口の中をむさぼって――

「はぁ……キ、キスってこんな凄いの……♡　凄すぎて……はぁ♡」

白雪は湊にうっとりとした目を向けてくる。

さっき初めてのキスをしたばかりで、こんな濃いキスをするのは無茶かもしれない。

だが湊は自分を止められなかったし、白雪も楽しんでいるようだ。

「なあ、白雪……ここまでしたら、本当にやめられないぞ？」

「いいの……でも、わたしは欲しがりだから……一回じゃ足りないかもしれないの」

「えっ……い、一回だけじゃなくて何回でもヤらせてもらえるのか……？」

「わたしが納得するまで何回でもお願いしたいの……いい？」

「いいもなにも……」

初めての女の子に、何回でもいいと言ってもらえるとは。

湊としては望むところで、それでいて優しくしなくてはならない。

初めての白雪に優しくしつつ、彼女の身体を何回でもむさぼり続ける――

矛盾しているようだが、今の湊ならできるかもしれない。

「じゃあ……ど、どうぞ。何回でも好きなだけ……わたしも、何回でもほしいから……」

白雪は自分の赤いパンツに手をかけて――

湊も、その手に自分の手を添える。

「いくぞ、白雪……」

「湊さん……わたしなんて地雷なんだけど、いいんだよね……？」

「地雷なんかじゃないだろ。白雪は可愛い女友達だって」

「う、うん……」

白雪はもう恥ずかしさが極まったのか、目を閉じて横を向いてしまう。

湊は、横を向いた頬にちゅっとキスをしてから。

彼女の細い太ももに手を差し込むようにして、軽く脚を持ち上げてみせる。

あとは白雪が満足するまで、自分が尽き果てるまで、遊び続けるだけだ——


「んっ、湊さん……んっ、ちゅっ……♡」

「やべぇ、全然帰れねぇ……！」

湊と白雪は、玄関ドアのそばで抱き合いながらキスしている。

既にこの家に来てから数時間が過ぎ、もう夜明けも近い時間帯だ。

長すぎた〝夜遊び〟も、いい加減に終わらせなければならない。

湊も白雪も、それはわかっているのに——

「だ、だって……満足したと思ったら、また……してほしくなっちゃうの……」

「俺も……」

湊は白雪の細い腰を抱き寄せ、ちゅっちゅと唇を重ねる。

ついさっき、湊がさすがに帰ろうとして白雪が玄関まで送りにきたのだが——

湊はムラムラして白雪の細い身体を抱き寄せてしまい、キスを始めて——止まれなくなってしまった。

「白雪は、まだ大丈夫か……？」

湊が訊くと、白雪はキスしてきてからこくんと頷いた。

「さ、最初は痛いし、また頭真っ白になって舞い上がっちゃったけど……すっごくよかったの……何回ヤってもらっても凄くいいの……」

「俺も最高によかった……」

白雪は胸は普通より少し大きいくらいだが、肌は真っ白ですべすべで、いくら味わっても足りない最高の身体だった。

Dカップの胸も、ぷるんぷるんと弾むように揺れ、何度でもむしゃぶりついてしまった。

もちろん、一回で済むはずもなく——

部屋の床の上で最初の一回を済ませると、次はベッドに移動して白雪の細い身体を抱きしめ、腰を摑み、時にはその細い脚を持ち上げて。

ひたすらに、白雪の身体を味わい続けた。

湊はあまりに夢中になりすぎて、回数はまったく数えられていない。

「しかも、アレも一回も使わなかったな……一応、持ってはいたんだが」

「そ、そんなの着けるの待ってられるわけないの。でも、最後はだいたい胸かお腹に……だったから、大丈夫……かな」

「それでも、悪い。俺が気をつけなきゃいけないことだからな」

白雪本人から許しが出たとはいえ、きちんと着けるべきだ。

特に白雪は初めてで不安もあっただろうから、なおさらだ。

「わたしはよかったの……すっごく激しく、わたしの身体、全部……いろいろされちゃって……最後のときだけ変に気を遣われたくないの……」

白雪は、はだけたブラウスからあらわになっている自分の胸を、軽く揉んだ。

果てる際にこの胸をめがけて何度も……湊は自分の行為を思い出して、ごくりと唾を呑み込む。

「あ、また見てるの。おっぱいも、他の部分もお部屋明るいままでいっぱい見たくせに」

「白雪の身体、太もも以外にタトゥーないの、確かめちゃったからな」

「ぜ、全部見られちゃったから……でも、見すぎなのっ。さすがに恥ずかしいっ」

白雪は、じろっと睨んでからぺろっと湊の唇を舐め、キスしてくる。

「でも約束どおり全部脱がさなかっただろ？」

「脱がさずに覗き込んだりして……湊さん、わたしの身体を隅々まで確かめすぎなの」

「こんな白くて綺麗な肌、隅々まで見ないのはもったいないだろ」

湊は、白雪のミニスカートの中に手を突っ込んで太ももを撫で回す。

ぷにっとした柔らかさ、すべすべした肌触りがたまらない。

「やんっ……き、綺麗なんて……タトゥー、一つだけならバレないよね……？」

「大丈夫、大丈夫。バレてもそれくらいならたぶん……」

湊はちゅっと首筋にキスをする。

「こ、ここに跡が残るほうが問題かもしれないの。あんっ、くすぐったい♡」

「それもそうか。気をつけないとな」

湊は笑って、また唇を重ね直す。

それから、太ももを撫で回していた手を動かして下着をがしっと掴む。

「あんっ、また脱がしたいの……？　さっきから脱いだりはいたり、もう何度目かわかんない♡」

「一応、終わったらはきたいだろ？　赤いパンツもお気に入りなんだろうし」

「そ、そうだけど……も、もう一回？」

「一回で終わるかな……」

湊は、ぎゅうっと白雪の華奢な身体を抱きしめる。

「ベッドに行くまで我慢できそうにない。ここで一回、いいか……？」

「こんなところで……い、いいけど、がっつきすぎなの、湊さん」

「まったくだ」

我ながら浅ましいと思うが、玄関から五メートルもない距離にあるベッドが遠い。

「がっついてもらえたら、わたしも嬉しいの。湊さんともっと仲良くなれるから……もっともっと遊びたい」

「ああ……」

湊は頷き、黒のミニスカートを持ち上げる。

「お願い、湊さんは聞いてくれたから……いっぱいヤ、ヤってくれて、わたしのこと友達だってわからせてくれたから……」

「………」

何度もヤらせてもらうことが友達の証明になるかどうかは怪しいが……。

湊が白雪を激しく求めてしまったことは確かで、彼女を離したくないとも思っている。

その気持ちはきっと、白雪にも伝わっただろう。

「だからわたし、約束は守るの。ちゃんと学校、行くから」

「友達だからな。俺も約束は守るよ。ちゃんと白雪に付き合うから」

「うん、湊さんがいたらなんとか学校も行けそう……あんっ♡」

白雪が甘い声を上げる。

こんな可愛い女友達が留年するなんて、絶対に受け入れられない。

湊は白雪を連れて学校に行き、学校で一緒に時間を過ごしたくなっている。

「だから、絶対にわたしから離れないでほしいの、湊さん……」

「ああ、ちゃんと責任を持たないとな」

「うん、責任取ってね……♡」

「………」

なんだか少し怖い台詞だったが、湊はそれどころではなかった。

早く白雪にヤらせてもらいたくてたまらない。

白雪の唇から、甘い声が漏れる。

「あっ……♡」

湊は白雪の背中を玄関の壁にもたれさせ——彼女の身体が激しく揺れ始める。

女友達の華奢な身体を壁に押しつけるようにしながら、何回目かわからない遊びを楽しんでいく。

この女友達は彼女自身が言うように重くて面倒かもしれない。

ただ、それでも湊にとっては大事な大事な女友達だ。

重くても面倒でも、すべて受け入れよう——湊は覚悟を決めていた。

5 女友達はまだ学校に慣れない

「おー、そういえばこんな高校だったの。もはや懐かしささえ感じる……！」

「卒業もしてないのに懐かしくならないでくれ」

いくらなんでも忘却が早すぎる。

湊はツッコミつつ、白雪と並んで校門をくぐった。

いや、正確には白雪は湊の背後に隠れるようにしている。

どうやら、目立って注目されたくないらしい。

「とにかく、白雪。今日からは、一日たりとも欠席が許されないからな。風邪を引くのも許可しない」

「風邪って許可制なの!?」

残念ながら、今の白雪には風邪を引く権利すらないと思ってもらわなければ。

「もちろん他の病気もNGだ。だから、身体を冷やさないようにしてほしいんだが——」

湊は、あらためて白雪の姿を眺める。

今までピンクと黒の地雷系ファッションしか見たことがなかったので、制服姿はかなり新鮮ではある。

ただ――

「この服装で大丈夫なのか……？」

ピンクの髪色は、髪を染めている生徒は多いという理由で押し切るとして。

白いブラウスはなにも問題ないのだが……一点、気になるところがあった。

「白雪、ウチの制服ってネクタイじゃなかったか？」

「リボンのほうが可愛いもん」

「そういう問題だろうか……」

白雪のブラウスの胸元は、黒いリボンが結ばれている。

穂波のように、たまにノーネクタイの女子はいるが、リボンを結んでいる女子は湊も初めて見た。

「それに、そのマスク……」

「冬だからね。マスクは必需品なの」

「普段着けてないだろ。けどまあ、マスクは大丈夫か……」

白雪は黒のマスクで口元を覆っている。

この寒い時期、校内でもマスクを着けている生徒は時々見かけるのだが――

黒マスクはかなり地雷系ファッションっぽい。

いや、マスクの着用は自由だし、おそらく校則で色も指定されていないだろう。

風邪の予防にも有効なので、問題ないとして——

「白雪、最後にもう一ついいか？」

「どうぞ、湊さん」

「そのデカい上着はいったい……？」

「わたし寒がりだから。常に分厚い上着を着ていないとダメなの」

「ぺらぺらのブラウスで夜遊びしてただろ！」

どの口が言うのか、と湊はさすがに鋭くツッコミを入れてしまう。

白雪は白ブラウスの上に黒のパーカーを着ている。

袖に紫の太いラインが入っているのはいいのだが、かなり大きめサイズで、メンズのLくらいありそうだ。

女子としては平均よりも華奢な白雪にはぶかぶかで、袖は余り、裾もかなり長くて下にはいているミニスカートを完全に隠している。

一見、スカートをはいていないのではと疑うほどだ。

目立ちたくないのか、目立ちたいのか、さっぱりわからない。

「……スカート、はいてるよな？」

「さっき、湊さんが迎えに来たときにちゃんとはいたトコ、見たよね？」

「まあ……」

今朝は万が一にも遅刻しないように、白雪のアパートまで迎えに行った。

早すぎるくらいで時間にかなり余裕があったので、まだ部屋着姿だった白雪のほうから頼まれて――

つい、二回ほどヤらせてもらってしまった。

白雪は部屋着も派手で、モコモコとしたピンクと白の縞模様の上着にショートパンツ姿で、湊は興奮が止められなかった。

二回目が終わったあと、初めて白雪の口を使わせてもらったが、これもカウントするなら朝からずいぶん頑張ってしまったが。

確かに二回目が終わったあとで、白雪がスカートをはくところも見ている。

というより、いくら白雪が変わり者でも、スカートもはかずに外に出るほどではない。

「ただ、男子が見たらドキッとするだろうな。女子だってびっくりしそうだ」

「わたしが普通にブレザーにミニスカートで登校するほうが変なの。この白雪舞音を甘く見ないでほしいの」

「何者なんだよ、おまえは!?」

湊は白雪が変わり者であることは充分に知っているが、確かに甘く見ていたらしい。

制服くらいは普通に着てくると思っていたので、この姿は想定外だ。

「そうだ、前は保健室登校してたんだろ？　そのときは制服だったんだよな？」

「うん、ブレザーにミニスカートだったの」

「じゃあ今回もその格好で登校してこいよ！」

「う～ん、やっぱりあの制服姿が不登校になった原因の一つなの。嫌な服を着て登校するくらいなら、好きな服を着て留年したいの」

「………」

登校を人質にされると、湊には反論のしようもない。

たとえ〝たいした原因でない〟としても、それを取り除くに越したことはないだろう。

「わかった、わかった。あったかそうだから風邪の予防にもなるしな。ＯＫ、登校してくれただけで俺も嬉しい。これから三学期いっぱい、頑張ろう」

湊は両手を上げて降参のポーズを取る。

「おっけー、頑張るの」

白雪は背伸びして、湊が掲げた手にパンと手を打ち合わせてくる。

そういうつもりで両手を上げたわけではなかったが、白雪は嬉しそうだ。

「というか、頑張らないと今にも帰ってしまいそうなの……」

「情緒不安定か！　いきなりテンション落ちるなよ！」

「冗談、冗談。今さらここで帰ったりしないから安心して」

「そ、そうか」

白雪は笑っているので、とりあえずは大丈夫そうだ。

気を抜くと帰りたくなるのは事実かもしれないが……。

実際、長く保健室登校、不登校を続けてきた白雪は、普通に登校するだけで大変だっただろう。

また不登校に戻られては意味がないので、いきなり多くを要求してはいけない。

「よし、教室に行こう。教室でいいんだよな？」

「うん、保健室はもういいの」

出席がカウントされるなら保健室でもいいのだが、普通に登校できるようになるのが一番だ。

白雪が教室に行くことに頷（うなず）いてくれて、湊はほっとする。

靴箱で上履きに履き替え、校舎内に入っていく。

教室に行く前に寄るところがあり、湊は白雪を連れて階段を上がり、廊下を進んだ。

「うーす、伊織（いおり）。連れてきたぞ」

「おはよう、ミナ。悪いな、朝から来てもらって」

湊が立ち寄ったのは、生徒会室だ。

いつもどおり、生徒会長のデスクに伊織がいた。

彼女は立ち上がり、白雪に向かって手を挙げてみせる。

「ああ、この人が白雪舞音。白雪、こっちの人は生徒会長の伊織翼だ。俺たちと同じ一年だから」

「あ、うん……さすがに生徒会長くらいは知ってるの」

「そうなのか」

湊は生徒会長が誰なのか知りもしなかった。

保健室登校、不登校の白雪より校内事情に通じてなかったのは、ちょっとショックだ。

「来てくれて嬉しい。歓迎する、白雪舞音さん」

「う、うん」

クールな伊織が珍しく満面の笑みを浮かべ、白雪はやや怯んだように愛想笑いをする。

湊の直感では、この二人の相性はあまりよくない。

本来なら久しぶりの登校なのだから職員室に行くところだが、伊織がいろいろ手回しして、生徒同士のほうが話しやすいということで――

こうして、生徒会長に挨拶に来たわけだ。

「白雪さん、適当なところに座ってくれ。ミナ、ちょっとこっち」

「ん？」

伊織が笑顔を張りつけたまま手招きし、湊は生徒会長のデスクへと向かう。

「おい、白雪さんのあの格好はなんだ？」

伊織は湊の耳元に顔を寄せると、ぼそぼそとささやいてきた。

「私がかばえるのはピンクの髪までだぞ」

「服装のことか？　そのあたりのツッコミは俺がもう一通り済ませたあとだ」

「ツッコむだけじゃなくて、問題を解決してきてくれると助かったんだがな」

伊織はまだ笑顔のままだが、言葉にはトゲがある。

生徒会長としては、白雪の自由すぎる服装に湊以上に文句があるのだろう。

「伊織の気持ちはわかるけどな。なんとか学校まで引っ張って来たんだぞ。多くは求めないでくれ。それに、パーカー着てる生徒なんて他にもいるだろ」

「着崩し方がエグすぎないか？　あれを認めるのは、生徒会長としてなあ……」

「俺に言われても……」

あらためて見ても、確かに制服姿とは思えない。

黒のパーカーはぶかぶかすぎて、制服のミニスカートも完全に覆い隠していて、ぱっと見は完全に私服姿だ。

教師が見たら、ぎょっとするのは間違いない。

「あのー、もしかしてわたしの服装が問題なの？」

さすがに白雪も自分の話をされていると気づいたのか、おずおずと声をかけてきた。

「いや、問題……問題じゃな……うう～ん……」

伊織は真面目なので、嘘でごまかすということができない。

「よし、問題か。おっけ、問題なくらいのほうがいいの」

「なにもよくないが⁉」

「問題に思われるくらいのファッションじゃないと、好きになれないの」

「……とりあえず先生には話を通しておく。ただ、目こぼししてもらえる保証はないぞ」

「お願いするの、会長くん」

「か、会長くん……」

白雪から見ても、伊織をくん付けで呼ぶ女子は珍しくない。

実際、伊織をくん付けで呼ぶボーイッシュな生徒会長は男性的に思えるらしい。

「そうだ、生徒会室って珍しいかも。会長くん、ここで写真撮ってもいい？」

「べ、別にかまわないが……」

生徒会には秘密などは一切ない。

湊も伊織から何度か聞いてきた話で、写真を撮られても困ることなどないらしい。

「学校での写真はけっこう映えると思うの。みんな、なんだかんだでＪＫ好きだし」

「あ、ああ」

湊は白雪からスマホを受け取り、長机や書類棚の前で彼女を撮影する。

ついでに伊織の許可も取って、白雪は生徒会長のデスクにも座らせてもらう。

「わー、けっこういいの。『白雪さん生徒会長就任ｗ』とか文字入れちゃう♡」

白雪は湊が撮った写真をさっそく加工してＳＮＳにアップしているらしい。

他の生徒も校内で撮影してＳＮＳに上げるくらいは普通にやっているので、咎められることでもないが……。

「まあ、白雪が意外と楽しそうでよかった」

「ミナ、君、白雪さんに上手いこと使われてないか？」

「そ、そんなことは。友達だし、写真くらい撮ってあげるだろ」

伊織に言われて湊も初めて気づいたが、白雪には甘いかもしれない。

葉月や瀬里奈、それに伊織は校内では〝一軍〟と言っていい有名な女子たちだ。

地味な湊が甘やかしたりできる相手ではない。

だが、白雪は――自然に湊に甘えてきているような気もする。

何度となく、彼女を子供っぽいと感じているというのも大きいかもしれない。

そして、湊は白雪のような可愛い女子に甘えられるのがまんざらでもない。

「友達か……ミナ、友達がいれば、彼女も学校に来るようになると思うか？」

「俺だって、白雪には登校してほしい。留年なんて、しないに越したことはないしな」

「それはもちろんそうだ。というか、絶対にしないほうがいい」

伊織は真剣な様子で、白雪の留年を本気で心配しているようだ。

「なあ、伊織。白雪の出席日数、マジでヤバいんだよな？」

「真面目に登校再開するなら、二日や三日の出席不足はなんらかの方法でカバーしてもらえるだろうが……」

「ああ、そうなのか」

湊が今朝彼女を脅したように、風邪でも引いたら一発アウトということはなさそうだ。

ただし、本人には黙っておいたほうがいいだろう。油断されたら困る。

「学校に出てきてくれたのは大きな一歩だが……まだ苦労しそうだな」

「白雪にはなんとか頑張ってもらうしかないな」

湊は、ちらりと白雪を見る。

スマホいじりに熱中していて、湊たちの会話には気づいていないらしい。

「ウチの学校、ギャルは多いが……穂波さんを除けばそんなに問題児はいないんだがな」

「穂波はやっぱり問題児なのか」

「あの格好で問題児じゃないとでも？」

「ですよね」

思わず敬語になってしまう湊だった。

穂波も白雪ほどではないが、服装にはかなり問題がある。

「やっほー、みなっちー。かいちょもおっすー！」

「うぐっ……！　か、褐色金髪ギャル……！」

その問題児が突然生徒会室に入ってきて、白雪が怯んだような声を上げた。

「あれぇ、その子誰ぇ？　ま、誰でもいいや！　麦は穂波麦だよ！　よろしくねぇ！」

「し、白雪舞音です……保健室登校で不登校から立ち直ったばかりで、デリケートな相手だから気をつけて……」

自分で言うのか、と湊は口に出さずにツッコミを入れる。

「へぇー、みなっちが引っ張ってきたとか？　よくやったねぇ。ちゅっちゅしてあげちゃおっと」

「お、おい……」

穂波が湊に抱きついてきて、ちゅっちゅと頬にキスしてくる。

昼でなかったのは、穂波なりにＴＰＯに気を配ったのかもしれない。

「おい、穂波さん！　生徒会室でイチャつかないように！」

「かいちょ、相変わらずお堅いねぇ」

穂波は、湊の首筋に腕を回し、口を耳元に寄せてくる。

「そういやここ何日か、みなっちにヤらせてあげてないよねぇ」

「まあな……」

湊は穂波のささやきに、こちらも小声で応える。

クリパの翌日の昼に、初めて穂波にヤらせてもらって——

そのあとも何度か穂波とも遊んできているが、葉月や瀬里奈、伊織と比べれば全然回数は少ない。

「今日は昼休みもちょっと時間ないんだよな」

「時間があれば学校でヤろうとしてる件についてぇ」

「いや、冗談はともかく」

湊はぐいっと穂波を引き離す。

「白雪は、学校に復帰したところだから気遣いしてくれると助かる」

「麦に気遣いぃ？　頼む相手、間違えてない？」

「間違えてない。穂波は頭いいし、気配りもできるだろ」

「うっ……う、うん。わ、わかったよぉ」

穂波は顔を赤くして頷くと、すぐに生徒会室を出て行った。

「……あの褐色ギャル、なにしに来たの？」

白雪は穂波が出て行ったドアを見ながら首を傾げている。

「俺が言うのもなんだが、穂波の行動に意味を求めちゃダメだな」

「私は穂波さんとさほど親しくないが、正直同意だ」

「……二人とも、性格悪いの？」

白雪がきょとんとしているが、湊も伊織も陰口は言っていない。

ただ事実を言っているだけで、穂波がこの場にいても同じことを普通に言い、穂波は笑うだけだっただろう。

「私は性格は悪くないが、会長の立場がある。先生たちに代わって、私が白雪さんに厳しくいく。いろいろ託されてるから、今日の放課後はまたこの生徒会室に来てくれ」

「えっ……み、湊さんは？」

「悪いがミナには遠慮してもらう。白雪さんの成績や個人的な話も聞かせてもらうつもりだからな」

「そ、それくらい湊さんにも聞いてもらって大丈夫なんだけど……？」

「ミナも一日中、君に張りついていられない。まずは私に慣れてくれ」

伊織はきっぱり言い切って、じっと白雪を睨むように見る。

「……まあ、こんなこと言ってるが伊織は優しいから心配するな」

「が、頑張って甘えてみるの。弱々しい姿をこれでもかと見せてあげるの」

「意外にたくましくないか？」

湊は白雪と小声で話し、呆れてしまう。

とりあえず、白雪もさすがに常に湊がそばにいるとは思っていないらしい。

「聞こえてるぞ。まったく……私が対処するだけでもかなり特別扱いなんだからな？」

「ああ、助かるよ、伊織。さすが学校の王子様だ。頼りになる」

「そ、そんなこと言っても……今度家に招待して心ゆくまでレトロゲーを遊ばせるくらいしかできないぞ！」

「なるほど、チョロそうなの」

「おい！　白雪さん、なんて言った⁉」

「……あ、SNS、けっこうイイネついてるのー。みんな、もっとわたしの承認欲求、満たしてほしいのー」

「こ、この子は……」

伊織はツッコミをスルーされて呆れている。

どうやら、白雪はこれでなかなかいい性格をしているようだ。

湊としては、白雪を生徒会室に一人で送り込むのは不安もあるが……ひとまず大丈夫そうだ。

不安だらけの朝から時間が経ち、放課後——

白雪は朝に伊織から言われたとおり、生徒会室に行っている。

伊織が立ち合い、教師とも話をするらしく、さすがに一般生徒に過ぎない湊は同席できなかった。

もっとも、湊としては友達である伊織を信頼しているので、さほどの不安はない。

白雪からも「終わるまで待ってて」と言われたので、なにもできることはなかった。

そういうわけで——

「あんっ♡　ちょ、ちょっと……ぺ、ぺろぺろしすぎじゃない？」

以前から、湊と瀬里奈が生徒会のヘルプのときに使わせてもらっている空き教室。

そこで、甘い声を上げているのは——

「でも、茜の小さいおっぱい、やっぱ最高だからなあ」

「も、もう……信じられないわ……！」

湊は椅子に座り、茜沙由香を膝に乗せている。

黒髪ショートカット、高校生とは思えない小柄な女の子だ。

小柄すぎて、膝に乗せていてもたいして重くない。

湊はその茜の制服の前をはだけさせ——シンプルな白のブラジャーを上にズラし、露出した淡いふくらみの頂点を舐め回しているところだ。

「んんっ……今度は吸われて……こんな小さい胸、吸っても面白くないでしょ……？」

「いや、全然美味しい。小さいおっぱいも俺、全然イケるみたいだ」

「わ、私で新たな性癖を開発しないでくれる？　あんっ、ちゅーちゅーしすぎ……！」

茜は湊の首に腕を回してしがみつくようにしているが、胸を責められる快感で身体をのけぞらせている。

湊はさらに調子に乗り、小さな乳首を軽く嚙み、音を立てて吸い上げていく。

「ほ、本当に変な人ね……こんなほとんどふくらんでない胸に、そんな夢中になって……あんっ♡　ね、ねぇ、いつもこんな感じなの？」

「み、湊くんは普段はもっと激しいですね……」

茜の質問に答えたのは、瀬里奈瑠伽だ。

長い黒髪に、ほっそりした身体、穏やかそうな雰囲気――

空き教室の黒板の前に立って、恥ずかしそうに湊と茜を見つめている。

瀬里奈は茜とは幼なじみで、昔から知っている相手が胸を舐め回されている姿を見るのは、恥ずかしくて当然だ。

「もっと激しいって凄すぎ……ちょ、ちょっと胸が敏感になりすぎてるから……い、一度下ろしてもらえる？」

「あ、悪い。ちょっと責めすぎたか」

茜とは昨年のクリスマスパーティで出会い、それからまだ一ヶ月も経っていないが――

成り行きで友人同士になり、胸を味わわせてもらい、パンツも見せてもらえる仲になっている。

「では、次は私……ですね。湊くん……」

「おお……」

瀬里奈は膝丈のスカートをめくり、まぶしい太ももと白いパンツを見せてくれている。

彼女はもう頼まなくても、パンツを見せてくれるようになっている。

湊はじっくりその清楚な白パンツを拝ませてもらってから、瀬里奈に近くにきてもらう。

「え、あれ？」

「なんですか？」

瀬里奈は湊の前で屈み、ちゅっとキスしてから聞き返してきた。

そのすぐ前にある彼女の美貌に――今日はちょっとした変化があった。

茜の小さなおっぱいに夢中になりすぎて気づかなかったらしい。

「瀬里奈、なんで今日は眼鏡なんだ？」

瀬里奈は、黒縁の大きな眼鏡をかけている。

教室でもどこでも、瀬里奈の眼鏡姿など見たことがなかった。

「あっ、外すの忘れてました。最近、家でＰＣを使いすぎているみたいで……親がブルーライトカットの眼鏡をかけるようにと。ＰＣ作業のときはかけるようにしてるんです」

瀬里奈はついさっきまで、この空き教室でPC作業をしていた。

湊と茜も作業をしつつ、いつの間にか小柄な彼女を膝に乗せ、おっぱいを味わい始めてしまったが――

いつの間にか、瀬里奈は眼鏡をかけていたらしい。

「最近慣れてきて、つい外すのを忘れてしまうこともあって。今、外しま――」

「待った！　外さなくていい！」

「え？　湊くんはブルーライトを発してませんよね？」

「俺も人間だからな……とにかく、眼鏡の瀬里奈、いいな」

「い、いいいって……ただの眼鏡ですよ？」

瀬里奈は眼鏡のつるに両手を添えて、くいっと持ち上げるようにする。

それだけの仕草があまりに可愛すぎた。

「眼鏡っ子の瀬里奈、マジでいい……」

「そ、そんな。むしろ野暮ったくありませんか？」

「いや、全然。元々知的だしなあ、瀬里奈は」

その清楚な顔に、黒縁眼鏡は意外なほど似合いすぎている。

「しかも今日、珍しくポニテだしな」

「今日は体育で髪が乱れて、上手くまとまらなかったので結んだんです」

さらに、瀬里奈（せりな）は頭の上のほうで結んだ髪を持ち上げる仕草をする。

黒髪ポニーテールに黒縁眼鏡の清楚系美少女――

何ヶ月も間近で見続けてきて、まったく飽きることのない美貌の少女に、新たな魅力が加わっている。

「瀬里奈、まず口を使わせてもらっていいか？」

「え、ええ、沙由香（さゆか）さんの胸で興奮してますよね……まず鎮めないと」

「湊（みなと）くんの欲望、悪霊かなんかなの？」

ぼそっと茜（あかね）がツッコミを入れてきている。

「それで、今日は最後は顔に……でもいいか？」

「髪にかからないように気をつけてもらえたら……」

「それはわかってる」

学校で髪を洗うわけにもいかないので、普段は汚さないように気をつけているが――

眼鏡瀬里奈は新鮮で、この顔を汚してみたいという欲望をこらえるのは無理だ。

瀬里奈は椅子に座った湊の前で膝をついて座り、顔をそこに寄せてきた。

「おお……マジで上手くなってきたよな、瀬里奈……」

「そ、そうですか……んっ♡　私、胸の大きさでは葵（あおい）さんや翼（つばさ）さんにかないませんし、沙由香さんほど可愛い胸でもないですし……お口で頑張らないと」

「私、ディスられてる気もするのだけど」

再び、茜のツッコミ。

だが、瀬里奈はしゃぶるのに夢中だからか、聞こえていないようだ。

「うっ、瀬里奈、もっと強く……」

「んむっ！　んっ、んんん……♡」

湊は瀬里奈のポニーテールの結び目のあたりを掴(つか)み、ぐっと押しつけるようにする。

瀬里奈は驚きつつも、さらに深く呑(の)み込み、しゃぶってくれる。

「あ、茜も……」

「ハイハイ……わかってるわよ」

湊はそばに歩いてきた茜の細い腰を抱き寄せ、また胸をしゃぶり始める。

「やべぇ、最高だな……茜の可愛い胸を吸いながら、瀬里奈の口を使わせてもらえるなんて……」

「い、いろいろやってるんだから、これくらいで喜ぶことない……でしょっ♡」

「私の胸も……み、見てくださいね？」

茜は小さな胸をさらに押しつけるようにしてきて。

瀬里奈は白ブラウスの前をはだけ、白いブラジャーも下げて、ぷるっとDカップのおっぱいをあらわにしてくれた。

最高すぎて、もう湊(みなと)は言葉もない。

「ん、ちゅっ……♡」

茜(あかね)が屈んで、ちゅっちゅとキスしてきて。

湊はその舌を吸いながら、さらに瀬里奈(せりな)の頭を掴んで押しつけるようにする。

「あ、あとで……私ともキスして……くださいね♡」

「その前に、セリのおっぱいも吸われるわよ、きっと」

「私は、そのあと……二回はいいですよ……♡」

黒髪ロングの瀬里奈瑠伽(るか)、黒髪ショートの茜沙由香(さゆか)、二人の美少女の胸と唇を好きなだけ味わい、しかも瀬里奈には一回と言わず何度でも楽しませてもらえる。

放課後の遊びは、まだ続きそうだ――

「って、待て。俺、茜に話があるんだった！」

「話？　あ、そうだったわね。白雪(しらゆき)さんのことだっけ……あんっ♡」

「さ、先にお話、済ませますか？　でも、ここまでしたら……一度落ち着くまで、したいですよね……」

「しょうがないわね……こんな胸でいいなら、もっと……どうぞ」

湊はお言葉に甘えて、瀬里奈の口を楽しませてもらい、茜の乳首をくわえて吸い上げる。

ここまでやっておいて、二人の女友達との遊びを途中でやめるわけにもいかない。

白雪のことは重要だが――他の女友達との付き合いも、湊にとっては大事なことだった。

瀬里奈の口を使わせてもらい、最後は茜の小さなおっぱいで終わらせて。

その次は瀬里奈にヤらせてもらい、最後は茜の小さなお口で終わらせて。

そして、ちょっと瀬里奈がスネていたので、三回目は瀬里奈にそのまま――

これでようやく、黒髪ポニーテール黒縁眼鏡のお嬢様のご機嫌は直ったようだった。

三人は服装を直し、空き教室で真面目な話を始めることにした。

「遊びながら聞く話でもないからなあ」

「湊くんらしくないことを言うわね。真面目に話すほど、たいした話もできないのよ」

茜は、ふぅとため息をつく。

彼女は窓際に立ち、腕組みしている。

小柄な茜だが、偉そうなポーズが意外に似合う。

「白雪舞音(まいん)さんのお話ですか……」

瀬里奈は湊と並んで、椅子に座っている。

ポニーテールはそのまま、黒縁眼鏡もかけたままだ。

黒縁眼鏡は残念ながら汚さなかったので、そのままかけているわけだ。

「沙由香さんは、あの白雪さんと同じクラスなんでしたね。湊くん、あの方の様子を聞きたいわけですか」

「まあな」

瀬里奈は頭が回るので、とても察しがいい。

ちなみに、不登校の白雪を学校に連れてくる件については葉月や瀬里奈にも話してある。

湊一人では白雪の面倒を見るのは難しく、同じ女子である彼女たちの協力は不可欠だ。

しかも、白雪は湊たちとは別クラスだが、偶然なことに茜と同じクラスだった——

「茜、白雪は教室でどんな様子だった？」

「普通に教室に入ってきて、普通に席についてたわね。クラスのみんなは驚いてたけど、白雪さんは周りを全然気にしてなかった」

「マイペースだな……白雪は授業中はどうだった？」

「寝てたわ。ずっと」

「……けっこう図太いな、白雪」

もちろん、湊は休み時間には白雪の様子を見に行っている。

しかし無駄だったようで、白雪は机に突っ伏して熟睡していた。

まさかとは思ったが、白雪は授業も完全に寝て過ごしたらしい。

「居眠りはよくありませんね……先生に怒られてしまいます」

「いえ、教師は特になにも言ってなかったわ。とりあえず、刺激しないように申し合わせができてるんでしょうね」

「まあ、俺としてもあまり白雪を刺激しないでほしいな」

「そんな、危険人物みたいな……」

人のいい瀬里奈は慌てているが、湊は白雪をディスっているわけではない。

ただ甘やかすだけでは、白雪の留年の危機は回避できないだろう。

「一応、私も白雪さんを見ておくわ。あまりアテにはしないでほしいけれど」

「いや、頼りにしてるよ」

別にお世辞ではなく、湊は茜は頼りになると見ていた。

伊織が認めた生徒会会計で、ただ数字に強いだけでなく、性格もしっかりしている。

優秀さなら瀬里奈や伊織も負けていないが、茜の場合は常に冷静なところが信頼に値する。

「ただ……」

「どうした、茜？」

「私、思うのだけど、白雪舞音さんは馬鹿じゃない」

「茜がそう言うなら間違いないだろうな」

「あまり買いかぶられても困るわ。でも、たぶん間違ってないと思う」

茜は窓際から離れて、湊たちのそばまで歩いてくる。

「白雪さんは二ヶ月前まで保健室登校して、テストも受けてた——二学期の期末もね。あまり結果はよくなかったみたいだけど。もしかすると、湊くんがなにもしなくても今頃は登校してたんじゃないかしら」

「え、茜、それって……」

「白雪さんは、実はきちんと出席日数なども計算しているということですか？」

瀬里奈も気づいたのか、つぶやくように言った。

「白雪、俺には留年くらい別にかまわない、みたいなことを言ってたぞ」

「別に白雪さんが嘘をついていると言ってるんじゃないわ。ただ、留年したい人間なんていないと思うのよ。白雪さんが本当にやる気がないなら、保健室登校だってしてなかったと思うのよね」

「……つまり？」

「白雪さんはしっかりしてるから、あまり心配しなくてもいいんじゃないかってこと。それと——」

茜はなにか言いかけて、首を横に振った。

「いえ、なんでもないわ。私も上手く説明できない」

「……思わせぶりだな、茜」

湊はちらっと瀬里奈のほうを見る。

その瀬里奈も、首を小さく横に振った。彼女も茜の言わんとしていることがわからないらしい。

賢い瀬里奈にもわからないなら、湊には察するのは無理だろう。

「まあ、まだ学校復帰初日よ。とりあえず登校してきて、最後までいて、教師との話し合いにも参加してるんだから、見込みは充分あるわ」

「そ、そうだよな」

茜に言ってもらうと、妙な説得力があった。

瀬里奈や伊織なら、どうしても人のよさが邪魔をして楽観的な予測をしてしまいそうだが――クールな茜の発言には安心感もある。

「それにしても、湊くん」

「ん？」

茜は湊の肩に手を置き、ちゅっとキスしてくる。

「あなた、女友達に恵まれてるけど――女友達で苦労するわね」

「……そうでもナイヨ」

「なんですか、その棒読みは。今、私の顔を見て複雑な顔をしましたよね？」

瀬里奈が、不満そうに頬をふくらませた。

文化祭のメイド喫茶では瀬里奈にもいろいろと問題が発生したが——実のところ、湊は苦労したなどと思っていない。

「俺は女友達に恵まれてるよ。本気でそう思ってる」

湊はきっぱり言い切った。

葉月も瀬里奈も伊織も穂波も、茜も梓も大切な女友達だ。

たとえどれだけ苦労することになっても、彼女たちとの関係を守っていくことがもっとも大切だ。

もちろん、白雪のことも——

まだまだ安心するには早すぎるが、彼女を留年させないためにここからが踏ん張りどころだ。

「冗談だよ、冗談」

6 女友達は放っておけない

「湊、よくやったね！」

「え？　な、なんだ、よくやったって？」

湊は、突然のお褒めの言葉に戸惑う。

白雪を家まで送って、もう外も真っ暗になった午後六時過ぎに帰宅すると。

葉月が合鍵で湊家に入り、リビングにいて——その葉月の笑顔に出迎えられた。

「不登校の白雪ちゃんを学校まで引っ張ってきたじゃん。たいしたもんだよ！」

「……いいことだが、葉月が俺を褒める理由はなくないか？」

いつの間にか、葉月は白雪をちゃん付けで呼んでいる。

「だって、白雪ちゃんはあたしの友達でもあるんだよ？　学校に引っ張り出してくれたのは、あたしにもめでたいよ！」

「なるほど、確かにめでたいことではあるな」

湊は頷(うなず)いてから、さっきから気になっていたことを口に出す。

「今日はなんか派手だな、葉月」

「たまにはあたしがギャルだってことを思い出させてあげようと思ってね」

葉月はニヤリと笑って、くるりと一回転してみせる。

今日の葉月はデニムジャケットに、短めの白いキャミソール、黒のタイトミニスカートという格好だ。

冬にしては露出度が高め、身体にフィットした服装でGカップの胸や細い腰、すらりとした長い脚がこれでもかというほど強調されている。

「学校帰りに、麦やエナたちと遊んできたんだよ。久しぶりにカラオケ歌いまくっちゃった。あ、男の子はいなかったから安心して」

「し、心配はしてないぞ？」

湊は心にもないことを言う。

葉月に彼氏がいないのは確実、それどころか男友達も湊一人だけというのはわかっているが――陽キャの彼女にはいつ新たな男友達ができてもおかしくない。

少し不安になるのは、友達として当然の心理だった。

「でも、学校帰りに遊んだのに、わざわざ私服に着替えたのか」

「最近買った服なの、これ。みんなに見せびらかしたくて。なかなか好評だったよ」

「まあ、葉月にはよく似合ってんな」

「ありがと、湊も素直に女子のファッション褒められるようになったんだねー。偉い偉い。ちゅっ」

「お、おい」

葉月は湊の頭を撫でてきたかと思うと、頬に軽くキスしてきた。

まるで子供をあやしているかのようだ。

「そ、それより白雪の話だ。葉月は学校で白雪に絡んでなかったな？」

「あたしも学習してるんだって。あたし、ちょっと圧あるみたいだから。白雪ちゃんにはあんま刺激与えないほうがいいでしょ？」

「確かに学習してる……これなら、葉月のほうは留年の危機を乗り越えられそうだ」

「あたしも留年の危機だと思われてた⁉　言っとくけどあたしは補習を受けるだけで、ダブるほど成績終わってねーっつーの！」

今度は、葉月は拳でがしがしと湊の肩を叩いてくる。

「まったく、こいつは……できれば、白雪ちゃんをウチのグループに入れちゃいたいけど、まずはあたしに慣れてもらうところからかな？」

「そうだなあ……見た目的には葉月グループにいてまったく違和感はないが」

なんなら、派手な美少女揃いの葉月グループでも一番目立ちかねないほどだ。

あのピンクツインテールと私服同然のパーカー姿のインパクトは大きい。

「あと、どうせ湊と遊んでるんでしょ？」

「…………」

「正直、もう今さら。エナとか梓とかはまだなのが不思議なくらい」

「お、俺も女友達なら誰にでも頼むわけじゃ……」

「もう瑠伽たちもみんな、気づいてるでしょ。当たり前のことになって、誰もわざわざ湊に確認しないだけで」

「いや、白雪の場合はちょっとパターンが違って——って、そうだな。実は、白雪ともいろいろと遊んでて……」

「ハイハイ、あたしは湊がどこで別の女友達つくっても文句言わないけどね。でも、瑠伽とか翼くんは割とめんどいタイプだから。相手してあげないと、スネるよ？」

「それは言われるまでもない。俺だって、瀬里奈とも伊織とも、もちろん葉月とも遊びたいからな」

「遊びたいっつーか、ヤらせてほしいっつーか。いいんだけどね」

葉月は腕組みして苦笑している。

「ま、あたしたちは勝手に遊んでるからさ。湊は、しばらくは白雪ちゃんの面倒見なきゃダメだよね。あっちはガチで留年の危機らしいし」

「俺が最初に思ったほど危機的じゃないみたいだが……余裕がないのは事実だな」

白雪はだいぶ教師に絞られたようだった。

家まで送ったら、なにも言わずにベッドに倒れ込んでしまっていた。

さすがにあれほど疲労した女友達にヤらせてくれとは湊も言えなかった。

「茜が気にかけてくれるだろうが、葉月も白雪たちのクラスに知り合いはいるか？」

「おお、何人かいるから、一応頼んどいたよ」

湊に頼まれるまでもなく、葉月も白雪のことを気にしてくれていたらしい。

思えば、白雪と先に連絡先を交換したのは葉月だったし、なにより葉月は友達思いだ。

白雪のほうはまだ葉月から圧を感じているらしいが、葉月はとっくに白雪を友達だと思っているだろう。

「つっても、白雪ちゃん、ずっと寝てたからあたしの友達もなんもできなかったって」

「登校を再開したばかりだからな。いきなりコミュ取るのは難しいだろ」

周りは会ったこともないクラスメイトばかり。

多少はコミュ力がある湊でも、同じ状況に放り込まれたら寝てるフリでもするしかない。

「まあ、まだ初日だ。見守っていくしかない。これからしばらくは、朝と帰りは白雪の送り迎えをしようと思うが……いいか？」

「とうとうあたしに飽きた？」

「待て待て！　なんでそうなる!?」

「冗談、冗談」

葉月はけらけら笑って、手を小さく振った。

「留年がかかってるのはわかってるって。ガチで白雪ちゃん優先でいいよ。つーか、優先しろ。瑠伽とか翼くんもわかってくれるんじゃない？」

「だよな。瀬里奈も伊織も……それに、葉月もいいヤツだもんな」

「んなストレートに言うな。馬鹿」

葉月が恥ずかしそうに言って、右ストレートで湊の胸を叩いてくる。

もちろん、少しも痛くない。

「それに、あたしはマンションが一緒なわけだし。白雪ちゃんを送ってきたら、こうやって会えるんだしねー」

葉月は、右ストレートを放った手で湊の肩を摑み、ぐいっと引き寄せてキスしてくる。

「朝も早めに起きればまあ……い、一回くらいは……」

「早めに起きてくれるのか、葉月」

「当たり前じゃん……？」

湊は葉月と唇を重ね、ぎゅうっと抱き合う。

それから葉月のGカップの胸を薄いキャミソール越しにぐにぐにと揉んでいく。

「だいたい、あたしにヤラせてもらわないと落ち着かないでしょ？」

「Gカップは葉月だけだからな」

「おっぱいしか価値がないみたいに言うなっ」

葉月は、かぷっと湊の唇を甘噛みしてくる。

「そうだった、おっぱいのことよね」

「は？　なんだ？」

湊は葉月のキャミソールの襟元から手を突っ込み、ブラジャー越しにGカップを揉みながら訊いた。

「このおっぱい、恋しかったんじゃない？」

「そりゃいつでも揉みたいし、吸いたいが……」

「ばーか。そうじゃなくて……」

葉月はなぜか、デニムジャケットの片側の肩だけするりと下ろした。

華奢な肩と細い腕があらわになり、それだけでも妙にエロい。

「放課後は、瑠伽と沙由香と遊んでたんでしょ？　おっぱいが物足りなかったんじゃないかって話よ」

葉月はキャミソールをぐいっとめくり上げ、ついでにブラジャーも外して抜き取るようにして、床に捨ててしまう。

ぶるるんっとGカップの大きすぎるおっぱいが片方だけあらわになった。

「瀬里奈と茜の二人のおっぱいで挟んでもらったんだよな。ぷにぷにしてたし、すっげー気持ちよかった。小さいおっぱいもよすぎて、二回も……」

「あんた、なんでも楽しく遊んじゃうじゃん……」

「まあな」

湊はリビングのソファに葉月を寝転ばせ、自分もその上からのしかかるようにした。

葉月のスカートの裾が乱れ、パンツがちらりと覗いている。

「お、今日はピンクか……今日は朝も見られなかったからなあ」

「そういえば朝、湊にパンツを見られないのって珍しいもんね」

葉月の下着は意外に白やピンクなどの可愛い色が多い。

ギャルらしく、黒や赤をはいていることもたまにあるが、可愛い色のほうが似合っていると湊は思っている。

「今日は瀬里奈と茜と、穂波のパンツしか見てないからな。伊織は白雪のことで忙しくてパンツを見せてもらう暇もなかったな」

「じゃあまだ、瑠伽と沙由香にヤラせてもらうだけじゃ足りなかったんじゃない？」

「いや、充分満足いくまでヤラせてもらった」

湊はきっぱりと言い切る。

瀬里奈と茜は幼なじみ同士だからか、息が合っていて、二人の少し小さめおっぱいで挟んでもらうだけでも最高に気持ちいい連携をしてくれた。

「最後は二人のDカップとBカップにだったけど、あれもすっげー最高によかったなあ」

「堪能しすぎだろ、この男は」

葉月に睨まれても、湊はその気持ちよさを思い出さずにはいられない。

二人とも空き教室の床に座り込み、小さめの胸を汚され、ハァハァと荒い息をしていた姿は最高にエロくて可愛かった。

「じゃあ、次は葉月の胸で挟ませてもらいたい」

「あれ⁉　満足したんじゃないの⁉」

「家に帰ってくる間に回復した。もう次の遊びにいけるぞ」

「あんた、早死にするんじゃないかな……？」

葉月は呆れつつも、白キャミソールをさらに大きくめくってくれた。

上を向いても横に垂れないGカップの胸がすべてあらわになり、頂点のピンクの乳首も丸見えだった。

「あー、DとBの次にGも楽しませてもらえるとか、天国か？」

「女友達をアルファベットで呼ぶな。暗号じゃねーよ。ま、自慢のGカップを褒められるのは悪い気はしないけどね」

葉月（はづき）はニヤリと笑い、ぎゅむっと両手で自分の胸を横から押してみせた。

おお、ここに挟んでもらったらどんなに気持ちいいのか――

既に数え切れないほどGカップに挟んでこすってもらっているのに、欲望がこみ上げてきて止まらない。

「これは胸だけで一回イケるな。普通に挟んでもらって、その次は胸も口も同時に使ってもらえるか……？」

「な、なんでも好きにしたら。湊（みなと）の、今日はまたすんごいことになりそうだね……」

葉月は恥ずかしそうに顔を真っ赤にしつつも、期待しているようなうっとりした目をしている。

彼女のほうも胸を使った遊びは楽しんでくれているようだ。

湊としても自分だけ楽しむのは本意ではないので、葉月が期待してくれているのは嬉（うれ）しい。

それに応えて、存分に葉月の胸で暴れ回るとしよう――

「ふぁー、さっぱりしたー」

「いろんな意味ですっきりしたな」

湊は葉月と二人で、風呂からリビングへと戻ってきた。

ことが一通り済んでから、葉月は胸がドロドロに汚れてしまったので、二人でシャワーを浴びてきたのだ。

「あのさ、胸は確かに一回だったけど……」

葉月は、リビングの床に投げ捨てていたデニムジャケットに袖を通しつつ——

「口と胸で一回、普通に一回か……一時間で三回って多い？　少ない？」

「どうなのかな……世間での平均とか知らないが」

「あたしも知らねーよ」

「葉月グループの誰かに聞いたら教えてくれるんじゃないか？」

「ねーねー、みんな、一時間あったら彼氏と何回ヤれるー？　なーんて訊けるわけないでしょ！　あたしをなんだと思ってんの！」

「そ、そんな朗らかに訊けとは言ってないぞ」

とはいえ、確かに友達に訊くことではないかもしれない。

葉月グループのリーダーと一番派手な穂波も、実は男子との経験は湊だけだ。

意外と彼氏がいない女子ばかりで、その手の話題には疎いようだった。

「うーん、でも三回かー」

「ばーか」

「そ、そうか？」

「ちょっと……湊にしては少なくない？」

「なんだよ、葉月？」

だが、言われてみればそんな気もする。

そもそも、瀬里奈のDカップと茜のBカップを味わってきたが、既に回復している。

Gカップという規格外のサイズで挟んでもらえたというのに、全部で三回は少なめだ。

「いつもの俺なら、胸だけでしつこく二回はヤらせてもらってたよな」

「そ、それに……お風呂だって、ただ一緒にシャワー浴びて洗いっこしただけじゃん」

葉月は顔を赤くして、湊を睨んでくる。

「い、いつもならあたしにお風呂の浴槽に手をつかせて、後ろからがっついてきて――ってなに言わせんのよ！」

「は、葉月が勝手に言ったんだろ!?」

ただ、それも葉月の言うとおりだ。

目の前にこれだけエロいギャル美少女がいて、しかも風呂場に全裸でいたのに。

一回もヤらせてもらわなかったのは、異常事態かもしれない。

「まあ、今日はちょっと緊張してたからな。白雪が無事に一日を終えるかどうか……それで疲れてるのかも」

「疲れてたっていう割に、瑠伽と沙由香、あたしとヤってるけどね……いつもより回数が少ないってだけで」

「そりゃゼロってわけにはいかないだろ」

いつでも好きにヤらせてくれる女友達がいて、一回もヤらない選択肢はない。

「この男は元気なんだか疲れてるんだか……とりあえず元気出してもらわないと。ウチで晩ご飯食べる？　お母さん、またしばらく遅いみたいだし」

「葉月の母親、本当に大変そうだな。メシか……今ウチ、なにも食い物ないんだよな」

夕食を葉月家で食べさせてもらえるなら、ありがたいことだった。

葉月の母は長期出張は終わったものの、まだまだ忙しい。

本格的に仕事を再開して、また以前のように——いや、前よりも帰りが遅いようだ。

寂しがり屋の葉月としては、愛猫のモモと二人きりでは厳しいだろう。

「わっ」

葉月の家でなにをヤらせてもらうか考えていると。

チャイムが鳴り、湊は驚きの声を上げてしまう。

「え？　父さん、もう帰ってきた？　いや、今日は泊まりになるって……」

「なに慌ててんの、湊。パパさんなら、わざわざチャイム鳴らさないでしょ」

「……それもそうか」

だが、瀬里奈や伊織ならチャイムを鳴らす前にスマホに連絡が来るはずだ。

そうなると――

湊はリビングの壁際にあるインターホンを操作する。

「はい」

『来ちゃった♡』

「し、白雪？」

インターホンのカメラに映っているのは、白雪舞音だった。

制服ではなく、いつものピンクブラウスに黒のミニスカートという地雷系ファッションだ。

「あ、ああ、今開けるから入ってきてくれ」

湊はインターホンを操作して、マンションの入り口を開ける。

「今から白雪が来るけど……いいよな？」

「白雪さんはもう湊の友達でしょ？　それに、あたしがここに住んでることバラしても大丈夫じゃない？」

「ああ、葉月がいいなら白雪にも説明しよう」

湊と葉月は、自分たちが同じマンションの別フロアに住んでいることは隠している。

知っているのは瀬里奈や伊織、穂波や茜など限られた友人たちだけだ。

　そして、それから間もなく──

「こんばんはー……って、葉月さんもいたの……」

「うぃーす。まあ、なんていうか、あたしはさぁ」

「……………？」

　湊家に現れた地雷系ファッションの白雪は、葉月の姿に少し驚いたようだった。

　葉月が同じマンションに住んでいることを説明すると──

「あ、うん、葉月さんも近くに住んでるとは思ってたから、そんな意外でもないの」

「そりゃそうか」

　湊と葉月が二人でこのあたりをうろついている姿を、白雪は目撃している。

　白雪がバイトしているコンビニにも行っていて、近所だということは知っていたのだから、驚きは小さいのだろう。

「でも、湊さんの家に入り浸っているとは思わなかったの」

「い、入り浸ってるわけじゃゃ──ほぼ毎日来てはいるけど！」

「それを入り浸ってるって言うの。現場を押さえたんだし、言い訳できないの」

「現場!?」

　白雪がからかうように言うと、葉月はぎょっとする。

「現場って……なんかあたし、間男みたいじゃない？」

「間女っているのかな」

湊は思わず、どうでもいいツッコミを入れてしまう。

「家にいつもいるってことは、やっぱり葉月さんと仲良いんだね。湊さん、一番の女友達は葉月さんなの？」

「え？　いや、友達に一番も二番もないだろ……」

「友達に一番や二番はあるんじゃない？　彼氏や彼女なら一人しかいないから、順番はないけど」

「う、うーん……」

「湊、屁理屈言うくせに、理詰めで攻められると割と弱いよね」

「うるさいぞ、葉月」

湊は、じろっと葉月を睨む。

葉月は面白そうにくすくす笑っているだけだ。

「冗談なの。友達の家に遊びにくるのは普通のことだから、葉月さんがいてもおかしくないの」

「そりゃそうよね。白雪ちゃんも遊びにきただけだし。今日もそのファッション、決まってるね。あたしのほうもどう？　けっこう可愛くない？」

「うっ、言われてみれば……！」

白雪は怯んだ顔をして、ずざっと一歩後ろに下がる。

「は、葉月さん……今日は一段とギャルギャルしいの……！」

「ギャルギャルしいってなによ!?」

表現はともかく、白雪は派手な格好の葉月を恐れているらしい。

格好の派手さでは白雪もまったく負けていないのだが。

「別にあたし、怖くないって。白雪ちゃんも学校に通い始めたんだし、あたしとも仲良くしようよ。ウチのグループ、可愛い子大歓迎。美少女であればいるだけでいい！」

「ま、前向きに検討させていただきます……」

「それ、遠回しなお断りの決まり文句じゃねぇか」

やはり、不登校だった白雪には陽キャグループ加入はハードルが高いようだ。

「それはまた今度考えるとして。そうだ、白雪。ただ遊びにきたのか？」

湊はようやく、白雪が訪ねてきた理由を尋ねる。

「もう七時になるけど……外、暗いだろ。こんな時間に来ていいのか」

「わたし、夜遊び大好きなの」

「あ、そうだったな」

白雪にとっては、ここからが一日の始まりみたいな感覚なのかもしれない。

「でも、今日のうちに湊さんともう一度会っておきたくなって」

「ん？　なんでだ？」

「ちょっと疲れちゃった」

白雪(しらゆき)は、はぁ……とため息をつき、床の上にぺたんと正座した。

「仕方ない。まともに登校するの、初めてみたいなもんだろうしな」

少なくとも、湊(みなと)よりは白雪のほうが疲れているはずだ。

「だから、湊さんと遊んで癒やしてもらおうと思って」

「癒やされるかな……」

むしろ、今日は家でおとなしくしていたほうがいいのではないか。

「湊さんは、葉月(はづき)さんに癒やしてもらってたみたいだね」

「えっ、あ、まあ……って、なんでわかるんだ？」

湊は白雪の唐突な追及に、思わず肯定してしまう。

「だって二人とも、どう見てもお風呂上がりなの。その前になにをしてたかなんて、バレバレだよ」

「それはそうか……」

「あ、あのさ、白雪ちゃん。あたしら、ただ二人で遊んでただけっていうか、あくまで湊とは友達ってだけだからね？」

「わかってるの。わたしだって湊さんにお願いして遊んでもらってるし……」

「……湊、逆にお願いされてヤらせてもらってんの？　なんか図々しくない？」

「なぜかそういうことに……」

湊は自分こそ間男にでもなったような気がしてきた。

まるで修羅場に放り込まれてしまったかのようだ。

「わたしは湊さんのお友達としては新入りなの。だから、葉月さんとなにをしてても気にしないの。ただ……」

「な、なんだ？」

白雪は立ち上がり、ソファに座っている湊の前まで近づく。

「今日は一回だけお願い。疲れてるから、本当に一回だけなの」

「か、かまわないが、葉月がいるから……」

「葉月さん、悪いけどそこでわたしが湊さんに一回ヤってもらうのを見ててもらえる？」

「なんで⁉」

葉月はぎょっとしてソファから跳び上がりそうになった。

もう、葉月や瀬里奈、伊織の三人に同時にヤらせてもらうのは珍しくないが――

「み、見てるだけって……あたし、人の遊びを見て楽しむ趣味はないんだけど？」

「ちょっと面白そうってだけ。深い意味はないの」

そう言うと、白雪は黒のミニスカートの中をちらっと見せてきた。

今日は珍しく、色気たっぷりの黒いパンツだった。

「お願い、今日は一回だけで我慢するから。葉月さんの前で激しく、めっちゃくちゃにしちゃってほしいの」

「なんだ、そのお願いは⁉」

白雪は湊の膝に座り、首筋に腕を回してすがりつくようにして抱きつき、ちゅっちゅっとキスしてきた。

「まあ、一回だけならいいが……」

「湊もOKするのかよ。し、白雪ちゃんが湊の友達なら好きにすればいいけどさ……見てなきゃダメ？」

「うん、見ててほしいの」

「あんま堂々と見せられると、あたしちょっと恥ずいんだけど……」

葉月はもうソファから立ち上がり、湊たちから離れている。

瀬里奈や伊織が湊と遊んでいるところは何度も見ているが、あらたまって傍観するとなると複雑な気分になるらしい。

湊としても、じーっと葉月に見られながらだとヤりにくさはある。

「あ、おっぱいもどうぞ。葉月さんより全然小さいけど、こっちもめっちゃくちゃにしていいから」

「なんでめちゃくちゃにこだわるんだ……」

湊がツッコミを入れたときには、白雪はブラウスの前をはだけて黒のブラジャーに包まれた胸をあらわにしていた。

「わ、瑠伽と同じくらいだけどめっちゃ形いいじゃん……あたしが吸いたいくらい」

「ダメなの、わたしが胸を味わわせるのは湊さんだけだから」

白雪はからかうように言って、ちゅっとまた湊にキスしてきた。

ちらりと見ると、葉月は顔を赤くしつつ、複雑そうな顔をしている。

自分だけヤらせることもなく、パンツすら見せずに眺めているだけというのは葉月も初めてだろう。

ここまで来たら、白雪にヤらせてもらうしかないが――

本当に一回で終わらせたほうがよさそうだ。

「ただいま……って、いうのも変だな」

「ずっとウチで寝泊まりしてたんだから、湊にも自宅みたいなもんでしょ」

湊が葉月家のドアを開けると、玄関に葉月が立っていた。

本当に白雪には一回だけヤらせてもらい、彼女を家まで送って帰ってきたところだ。

その間に葉月は家に戻るということだったので、湊も自宅ではなく二フロア上の葉月家にやってきたわけだ。

葉月には「今から行く」とLINEはしてあったので、お迎えしてくれたらしい。

「おっ、モモがいる——って、逃げた！」

「相変わらずこのお兄ちゃんが苦手だね、モモ」

葉月はまさに猫撫で声を出して、廊下からリビングへ逃げ込んだモモに声をかけている。

「うー、俺、マジでモモに嫌われてんのかなあ」

「意外とあたしを巡るライバルとか思ってるのかも？　別に彼氏でもないのにね」

「葉月と友達やってる限り、モモには好かれないのか……絶望的な事実だな」

猫好きの湊は割と本気で落ち込み、ため息をつく。

それから二人で、葉月の自室に入った。

「あ、こんばんは、湊くん」

「え⁉　瀬里奈もいる⁉」

葉月の部屋のローテーブル前に、瀬里奈が正座していた。

黒いハイネックセーターに白のロングスカートという格好で——髪型だけは、放課後のポニーテールのままだ。

「ど、どうしたんだ？　また夜に出てくるなんて」

「さっきさ、湊が白雪ちゃんを送りに出て行ってすぐ、電話かかってきて。今日は瑠伽の家も両親いないっていうから、ウチに来たらって誘っちゃった」

「はい、誘われちゃったのでお招きに応じました」

「割と頻繁に夜中に出かけるよな、瀬里奈って」

清楚で慎み深いお嬢様であるはずだが、最近の瀬里奈は外泊も多い。

瀬里奈の両親は、おとなしい瀬里奈が外に出るのはいいことだと思っているらしい。

おそらく、両親は瀬里奈が泊まっている友達の家に男もいるとは思っていないだろうが。

「いいんだが、あまり夜に出歩くなよ？　どうしても来たいなら俺が迎えに行くから」

「ありがとうございます。明るい道を通ってきたので、大丈夫ですよ」

瀬里奈はニコニコ笑っている。

おとなしそうでも、瀬里奈は腕っ節に自信があり、なんなら湊より強い。

もし二人で歩いていて暴漢に襲われたら、瀬里奈のほうが撃退してしまうだろう。

「そういえば、湊くんは夜遊びしていたという噂ですね」

「……どこからそんな情報が」

じろっ、と湊は葉月のほうを睨む。

初めて白雪にヤラせてもらった日は結局朝帰りになり、葉月にはバレてしまった。

口止めをしたわけではないので、葉月が瀬里奈に話しても文句は言えないが……。

「まあ、いいじゃん。湊はちょっと真面目すぎるトコあるから。あたしはたまの夜遊びくらい、いいと思うよ」

「おまえは俺の保護者か」

葉月もグループの仲間たちと遊ぶことは多いので、湊がヨソで遊んでいても文句は言ってこない。

理解のあるカノジョ——ではなく、女友達だった。

「それより湊、もっと大事なことがあるんだけど」

「へ？　大事なこと？」

「ご飯は？　白雪ちゃんと食べてきたりした？」

「ああ、大事ではあるな。いや、メシはまだだ。白雪は腹減ってないみたいだったから」

一応、湊も白雪に夕食をとったか確認はしておいたのだ。

白雪はあまり空腹ではないらしく、お菓子で済ませたいなどと言っていた。

さすがに湊はきちんとした食事をとらないと、今日の疲れは取れそうにない。

「じゃあ、今日はカップ焼きそばと冷凍お好み焼きのセットでいっとくか？」

「あ、簡単なものでよかったら私がつくりますよ」

「マジか！」

瀬里奈はいつも「簡単なもの」と言いつつ、手の込んだ美味い食事を用意してくれる。

「そんじゃ、あたしはアシスタントね」

「お、俺が手伝おう。そうだ、そろそろ料理のレッスンを受けようかな」

「なんで今日は疲れてるとか言っといて、料理習おうとしてんのよ。あたしだって、瑠伽の手伝いくらいならできるっつーの」

今度は、葉月から睨まれて湊は苦笑いする。

葉月は料理が下手というより、そもそもなにもできない。味噌汁のつくり方すら怪しいレベルだ。

瀬里奈の手伝いは、むしろやらないほうがいいくらいなのだが……。

「大丈夫ですよ、葵さんは私が管理しますから」

「……瑠伽も言うようになったよね」

そんなことを言いながら、女子二人がキッチンに向かった。

女子たちに食事の支度を任せるのは気が引けるが、邪魔になるかもしれない。

葉月の部屋で、スマホをイジりながら待っていると——

「湊ー、ちょっと手伝ってくんない？」

「おっ。あいよー」

葉月の声がして、湊はすぐに答えた。

スマホをイジっているより、手伝わせてもらうほうがありがたい。

湊（みなと）がすぐに葉月（はづき）家のキッチンへ向かうと——

「……って、なんだその格好は!?」

あまりに意外な光景が現れて、湊は大声を上げてしまう。

「い、いいでしょ、あたしん家（ち）なんだからどんな格好してても」

「わ、私の家じゃないですけど……葵（あおい）さんの許可はいただきました」

「それにしたって……」

湊はあらためて葉月と瀬里奈（せりな）の姿を眺める。

キッチンに立つ二人の女友達は——裸エプロンだった。

「こ、こら、あんまじっと見ないの。これ、ちょっと恥ずかしすぎたかも……」

「み、見られてますね……エッチすぎたでしょうか……？」

二人とも湊に後ろ姿を向けてきている。

葉月はピンクのエプロンに、ピンクのパンツ。

瀬里奈は白いエプロンに——白いエプロンだけだった。

葉月はやや横を向いていて、Gカップのおっぱいが横からほとんど見えている。

瀬里奈のDカップはわずかに見える程度だが、生のぷりんとしたお尻が丸見えだ。

「は、裸エプロンに……なんか文句あんの、湊？」

「文句はねぇけど、なんでいきなり……」

女友達のメイド服や巫女衣装などを見てきたが、裸エプロンはあまりに刺激的すぎた。

「さっきの、湊にしては責めが甘かった気がすんのよ。回数も少なかったし。これくらい頑張らないと、楽しく遊べないんじゃない？」

「私も学校ではさすがに遠慮しますので……今日のアレでは足りなかったかなって……」

二人は食事を用意するフリをして、この準備をしていたらしい。

もっとも、メイド服などと比べても着替えるのはすぐだっただろう。

「わ、私、これは恥ずかしいですけど……頑張ります」

「せ、瀬里奈、おまえパンツもはいてないのは……」

湊は、瀬里奈が恥ずかしそうにもじもじするたびにぷるぷる揺れる尻に、つい目を向けてしまう。

瀬里奈の可愛いお尻は何度も見てきたが、裸エプロンで見せられると威力が違う。

「え？　あっ、葵さん、ちゃんとパンツははいてます！　う、裏切られました……！」

「裸エプロンっていっても、パンツくらいははくっての！　瑠伽がはいてないことにびっくりしてるよ、あたしは！」

葉月と瀬里奈はお互いの腕を掴み合って、ぎゃーぎゃー騒いでいる。

もちろんケンカしているというより、じゃれ合っている感じだ。

「で、でもさ！　湊！」

「な、なんだ？」

葉月は瀬里奈の腕を掴んだまま、キッと湊を睨んできた。

「湊、ちょっとあたしに飽きてきてる感があるから」

「次に飽きられるのは、葉月さんに次ぐ古参の私の番ですから……」

二人とも顔が真っ赤で恥ずかしそうだが、本気で湊のために裸エプロンになってくれたらしい。

「と、友達に飽きるとかそんなわけないだろ！」

「だったら、さっきのはなに⁉ 白雪ちゃんのお願いだからって、ガチであたし見てるだけとか！ あんた、あたしとヤろうともしなかったよね！」

「そ、それは今は白雪が優先だからってだけで……」

「言い訳すんな！ そういうわけで、あたしはよーく理解したの」

葉月は瀬里奈の腕を離すと、偉そうに腕組みした。

「友達と遊ぶなら、楽しませる工夫をしないとダメだってこと！」

「湊さんが喜びそうなこと、私たち真面目に考えたんです……」

「俺のほうもそんな工夫、できてないような……」

女友達二人の気持ちは嬉しいが、湊はそれに応えられているかどうか。

「湊はいいのよ。あたしらの遊びって、湊がその気にならないと始まらないじゃん？」

「え、えぇ……私たちのほうから湊くんを襲うのも違う気がしますし……」

「襲うって、オイ……いや、俺にも問題があったな。悪い」

湊は呆れつつも、頭を下げる。

確かに今日の葉月たちへの回数は抑えめだったし――責め切れていなかった。

「茜はまだヤらせてもらってないけど、今度ちゃんとヤらせてもらおう」

「なにを宣言してんの、あんたは」

「その前に、今日は葉月と瀬里奈――徹底的にヤらせてくれ！　裸エプロン、楽しませてくれ！」

「い、いつものお願い来た！」

「思ったより裸エプロンに興奮してくれてますね……」

湊が必死の顔で頼み込むと、葉月は呆れ、瀬里奈は苦笑いした。

「こんなエロい姿を見せられて興奮しないわけないだろ。葉月はさっきヤらせてもらったばかりだけど、いいよな？」

「い、いいけど……あんっ、いきなり♡」

「きゃっ、私には許可求めてこないんですか♡」

湊は二人に近づき、葉月のエプロンの横から手を滑り込ませてGカップのおっぱいを生で激しく揉む。

同時に、瀬里奈の生の尻にも手を這わせ、すりすりと撫でていく。

「瀬里奈は放課後にヤらせてもらってからけっこう時間経っただろ。俺も回復してるし、瀬里奈も……だいぶ興奮してるみたいだし」

「こ、興奮なんて……あっ♡」

湊は瀬里奈の尻を鷲掴みにして、ぐにぐにと揉むように触りながら——唇も重ねる。

ちゅばちゅばと荒っぽく、瀬里奈の唇を味わい、尻を揉む手を動かし続けて。

「こ、こらぁ、こっちも……♡」

「ああ……」

湊は今度は葉月とキスして、Gカップおっぱいを揉む手に力を込める。

裸エプロン姿の女友達二人と、キスしながら生のおっぱいとお尻を楽しませてもらえるとは。

湊は散々、天国を味わってきたつもりだったが、まだまだ楽しいことはいくらでもあるようだ。

「あっ、パンツの中に……て、手突っ込んでる……！　せっかくパンツはいてるのに、生で触ってきてるよ、こいつ♡」

「ふあっ……こ、今度は私のおっぱい……あっ、んっ♡」

湊は続けて、葉月のパンツに手を突っ込んで生で尻を撫でていく。

られる。

瀬里奈の尻より締まっているようにも感じるが充分に柔らかく、いつまででも撫でてい

その瀬里奈の胸も葉月よりはずいぶん小さいが、てのひらに収まるサイズの胸も揉み心地が素晴らしい。

「はっ、あっ……こ、こらぁ……お尻触りすぎ……ち、痴漢みたい……」

「えっ？　葉月、痴漢に遭ったことあるのか？」

「実はないんだよね……あたし、怖そうだからだろうって麦が言ってた……あんっ、お尻、撫ですぎだってばぁ♡」

「そ、そうか……それならよかった」

湊は葉月の素晴らしい尻を誰にも触らせたくなかったので、安心する。

「ああ……んっ、乳首つままれてます……あっ、私も実は痴漢さんとは遭ってないです。来ても怪しい気配には気づきますから……」

「さすが瀬里奈、なんて頼もしい……」

湊は瀬里奈の可愛い乳首をつまみ、コロコロと指の腹で転がしながら、また安心する。

キッチンでたっぷりと葉月と瀬里奈のおっぱいとお尻を味わってから――

「よし、やっぱこっちのほうが落ち着いてヤれるな」

「も、もう……二人並べて贅沢なんだから♡」

「お食事の支度どころじゃなくなりましたね♡」

葉月と瀬里奈はリビングのソファに、並んで座っている。

二人の美少女が肩を寄せ合うようにしていて——

「おお、二人ともめっちゃエロい……」

葉月はエプロンからGカップのおっぱいが、半分近くもはみ出してしまっている。

瀬里奈のほうはエプロンの肩紐が外れて、Dカップのおっぱいが片方丸見えだ。

エプロンの裾も乱れて、ピンクのパンツとなにもはいていないそこがちらりと——

「み、湊、ガチで目が怖いんだけど……こ、こんなに興奮してくれるんだ♡」

「まだまだ、私たちの遊びには可能性がありますね……もっと見ていいですよ♡」

「ああ、もっと見るし……見るだけじゃ終わりそうにない」

湊はこれまでにないほど興奮してしまっている。

「葉月はもうちょっとおっぱい見せてくれ……瀬里奈は後ろも見せてくれると嬉しい」

「も、もう……こうすりゃいいの？♡」

「は、恥ずかしいですけど……どうぞ♡」

葉月はエプロンの肩紐を首のほうに寄せて、乳首が見えるギリギリのところまでエプロンの胸元をズラしている。

瀬里奈は後ろを向き、生のお尻を見せてきて、横乳もあらわだ。

「じゃあ、そろそろ……いいか？　頑張って生の尻を見せてくれてるんだし、瀬里奈から でいいよな……？」

「あっ……♡」

湊は瀬里奈の腰を掴み、剥き出しのお尻を突き出すような格好にさせる。

「いいけど、あたしも一緒に楽しませてよね……？♡」

「当然だな」

湊は葉月のエプロンの裾に手を這わせ、ピンクのパンツに手をかける。

「さっき葉月には胸、胸と口、あとは普通に一回だけだったが——こんなエロい格好見せてもらったら、三回ずつじゃ済まないぞ……」

「ど、どんだけヤりたがんのよ。白雪ちゃんにもヤらせてもらったくせに」

「その上で、今までで一番の回数になっちゃいそうですね……私はその、アレは……無しでいいですから。最後は、お好きなところにどうぞ♡」

瀬里奈は恥ずかしそうに言って、くいっとお尻を持ち上げてくれる。

可愛い生のお尻が、ぷるっと揺れた。

「あたしも無しでも……ていうか、そんだけ興奮してたら着けてる余裕なんてないよね」

葉月もエプロンの前をはだけ、ぶるんっ！と大きなふくらみを片方あらわにしてくる。

最低でも一人三回、合わせて六回——だがそんなもので終わるはずがない。

これは余裕で二桁に達してしまいそうだ。

「葉月、瀬里奈……すっげぇエロい……満足するまで何回もヤらせてもらうぞ……！」

「ば、馬鹿みたいなこと言うなあ。宣言しなくてもヤっていいって……あっ♡」

「でも、口に出して言われるの、ドキドキして好きです……わ、私、何回もされちゃうんだって期待しちゃって……ああんっ♡」

湊はもう我慢できず、葉月と瀬里奈、二人の可愛い女友達の身体にむしゃぶりついた。

確かにここ最近は少しマンネリで、回数も減っていたかもしれない。

だが、やり方次第で今の湊のようにこんなにも昂ぶることができる。

大事なことを葉月と瀬里奈に教えてもらった気分だった――

7 女友達は実は決めていた

それから数日は何事もなく――

白雪は欠席も遅刻も早退もせず、毎日きちんと登校している。

未だに授業の半分は寝ているようだが、教師たちはみんな揃って黙認しているらしい。

「――という感じだ。ミナが毎朝連れ出しているのが大きいと思う。不登校の子は、とにかく学校まで出てくるのが最初にして最大のハードルになることも多いらしい」

「白雪は連れ出せば素直に応じてくれるから、手間はかかってないぞ」

湊は伊織の報告に、苦笑いしながら答えた。

昼休みの生徒会室、湊は呼び出しを受けてここにいた。

「相変わらず、服装は私服同然のアレだが……」

「伊織、もうそれは目をつぶってくれ。迂闊に『ちゃんと制服着てこい』なんて言ったら、せっかく上手くいってるのが台無しになるかも」

「そうだな……そこは私からも学校側にお願いしておこう」

「頼む、伊織。折を見て——進級するときにでも、俺からもそれとなく白雪に言ってみるよ。どっちみち暑くなったらあの格好じゃいられないだろうしな」

「待て、ミナ。それは考えが甘くないか？　ファッションにこだわる女子は、気温なんか考えずに好きな服を着たがるぞ」

「時季に合わない服を着るなんてことは——あるか」

湊は白雪が薄着の地雷系ファッションで夜道をウロウロしていたことを思い出す。

白雪のファッションへのこだわりは、想像を越えるものかもしれない。

「伊織も私服のときくらいは、ヒラヒラした可愛い服着てもいいんじゃないか？」

「ボ、ボクの——私の話はしてないだろ！　むしろクリパのときのドレスが気の迷いみたいな気がしてきた」

「おいおい、せっかく自分の趣味に気づいたのにもったいない。俺、またドレス姿の伊織にヤらせてもらいたいのに」

「それはいつでも——じゃない。この前はジャージで大喜びしておいて、次はドレス……ミナ、実はなんでもいいんじゃないか？」

「伊織がなんでも似合うんだろ」

「………っ、勘弁してくれ。それより白雪さんの話だろう。引き続き頼むぞ。まだ白雪さんの友達はミナだけみたいだからな」

「そうなんだよな。そろそろ、クラスに友達できてもよさそうなのに」

白雪は、まだ茜とも打ち解けていないらしい。

もっとも、茜のほうも友人が多いタイプでもないので、仕方ないところはある。

「ミナに押しつけるのは気が引けるが、年度末に向けて生徒会の仕事も多いんだ」

「わかってるって。伊織には学校側との話し合いを頼んでるんだし」

「なかなか、ミナとレトロゲーを遊ぶ時間もないな……んっ♡」

伊織は湊にそっと抱きついて、唇を重ねてくる。

それから互いに舌を絡め合い、濃厚なキスをして――

「ふぁ……このくらいしかできないな。茜さんに追い抜かれてしまいそうだ」

「待て待て、茜はまだ口を使わせてもらってる程度だって。まだ一回もヤらせてもらってないし」

「時間の問題だろ、そこまでいったら」

ぎゅうっと、伊織が湊の頬をつねってくる。

茜との関係も密かに進んではいるが、未だにヤらせてもらってはいない。

「そっちのことはミナの好きにしてくれていい。白雪さんのこと、引き続き頼む」

「お互いにな」

湊は伊織ともう一度キスしながら、胸を軽く揉ませてもらってから。

まだ仕事があるという伊織を残して、生徒会室を出た。

「俺はともかく、生徒会長は大変そうだなあ。三学期なんて暇なもんだと思ってたのに」

「あ、会長くんとのお話、終わったの？」

「うおっ」

生徒会室の扉の向かい、廊下の窓際に——白雪が立っていた。

「あれ、自分の教室で待ってるとか言ってなかったか？」

湊は生徒会室に行く前に、白雪と二人で昼食を取っている。

あまり生徒会室に近づきたくない白雪は、一人で教室に残ると言っていたのだが……。

「だって、知り合いもいないし……昨夜はたっぷり寝たから、眠くないの」

「茜もいただろ。あいつなら——」

「茜さん、なんというか、クールでちょっと話しにくいかも……」

「愛想のいいタイプじゃないが、いいヤツだよ」

やはり、白雪はまだ茜とも打ち解けられないようだ。

ただ、湊も白雪に強くは言えない。

湊が茜と普通に話せるのは、伊織や瀬里奈（せりな）を通して知り合ったからだろう。

もし、湊が茜と同じクラスだったとして、自力で話しかけることができたかどうか。

「あと二ヶ月くらいでクラス替えもあるしな……無理はしなくていいが」

「ありがと。湊さん、やっぱり優しいの」

「わっ」

白雪がぴょんと跳んで、無造作に抱きついてくる。

葉月や瀬里奈でも、人前ではこんなことをしないので驚いてしまう。

「ひ、人に見られると変に思われるぞ」

「元から変に思われてるの、わたし」

「そ、それはそれで——あまりくっつくとまずい！」

「ヤりたくなっちゃうの？」

「あのなあ……」

白雪がニコニコしながら、耳元に囁いてくる。

「冗談なの、わたしも人前では抱きつくくらいでやめておくから」

「……抱きつくのはやめないのか」

湊はもちろん白雪のような美少女に抱きつかれたら嬉しいが、彼女が変に目立つのもよくない気がしている。

「こんなに優しくされたら、ベタベタしたくなっちゃうの。湊さんの優しさが悪いのかもしれない？」

「こ、これくらい普通だろ。とりあえず、行くか」

湊はなんとか白雪から離れて歩き出し、彼女も横に並んでくる。

行き交う生徒たちが、じろじろと白雪に視線を向けてきている。

「……普通にしてても見られまくってるな、白雪は」

「まだ珍獣を見る視線を感じるの……」

「珍獣って。白雪は目立つから仕方なくはあるけどな」

「び、美少女ってことなの？」

「……まあ、そうだな」

主にピンク髪ツインテールとぶかぶかの黒パーカーのせいだが、白雪が美少女であることも間違いない。

おまけに例の黒マスクも、校内では一度も外したことがなさそうだ。

こんな見た目では、もう学校で知らない者はいないレベルだろう。

「あ、それで……会長くん、わたしのことなにか言ってたの？」

「三学期が終わるまで頑張っていこうって話だよ」

だいぶ端折ったが、嘘ではない。

「うん、湊さんとも頑張るって決めたから。なんとかやっていくの」

「ああ、白雪は実際に頑張ってると思うしな」

「ほ、本当に……？」

「………」

白雪がまた抱きついてきそうだったので、湊はとっさに身構える。

「ふふ、湊さんのおかげだね……湊さん無しでは生きられない身体になりそうなの」

「誤解を招くなあ……」

白雪は抱きついてはこなかったが、嬉しそうに笑っている。

どうも、湊への依存が強すぎる気がするが――

たとえ湊に引っ張られているだけだとしても、毎日登校してきているだけ今の状況は悪くない。

「会長くんも校内で顔を合わせると、『毎日ちゃんと登校してきてるな、偉い』って褒めてくれてるの」

「ああ、そうだったのか。伊織は生真面目だけど、優しいだろ」

伊織は白雪本人に直接ハッパをかけたりせず、褒めて伸ばす方針らしい。

今のところ順調に登校しているので、白雪を刺激しないようにしているようだ。

「でも、一番優しいのは湊さんなの。エッチなこともいっぱいしてくれて嬉しいの」

「そ、それは友達だからってことで……！」

エッチなことをしてくれて嬉しい。

こんな珍しい台詞は、人生でもう二度と聞けないだろう。

「あー、そうだ。昼休み、もうちょっとあるな。どっか行くか？」

「もうここでいいの。夜は遊びたくなるけど、昼はおとなしくしていたいの」

「ここって……」

特になにもない、廊下の突き当たりだ。

「はー、隅っこが落ち着くの……」

「おいおい、パーカー汚れるぞ」

白雪はその突き当たりで、壁にもたれて膝を抱え込んで座ってしまう。

座った姿が妙に小さく見えて、まるで子供のようだ。

「教室も隅の席がよかったのに、真ん中のほうにされちゃったから残念」

「むしろ気を遣われたのかもな、それ」

周りから話しかけやすいようにという担任の配慮だろう。

白雪には思い切り逆効果のようだが……。

「なあ、白雪。もしかして俺、無理をさせちゃってるか？」

廊下に体育座りしている白雪を見て、湊は不安になってしまう。

「ううん、登校しなきゃいけないのはわかってるし……湊さんがわたしのためを思ってくれてるのも、よくわかってるの」

「……そうか」

白雪が無理をしているのは間違いない。

ならば湊にできることは、友達として彼女を最大限フォローすることだ。

「あの、私もお話にまぜてもらっていいでしょうか？」

「おっ」

不意に聞こえた声に湊が振り向くと。

瀬里奈がやや離れたところに立ち、遠慮がちに湊たちのほうを見つめていた。

「せ、瀬里奈瑠伽なの……！」

「なんで瀬里奈にそんな反応するんだよ？　一応、前に顔合わせしたよな？」

白雪が登校再開したところで、瀬里奈にも会ってもらっている。

穏やかな瀬里奈なら白雪も話しやすいかと思ったが……むしろ警戒している様子だ。

「瀬里奈さんのことは、不登校になる前から知ってたの」

「え？　私みたいな地味な女子のことを知ってるなんて意外ですね」

「………………」

湊はあえてツッコミを入れない。

瀬里奈に自分が美少女だという自覚が足りないのは、よく知っている。

「この学校で一番の有名人だよ……わたしが地雷なら、瀬里奈さんは夜空に輝く華麗な花火なの。お話しするのも恐れ多いの」

「瀬里奈が目立つのは否定しないが……なんだその瀬里奈への高評価は」

というより、白雪は自分を下げすぎている。

髪や服装で目立っているのはあるが、顔も圧倒的に良く、白雪がその気になればクラスの一軍になるなど容易いはずだ。

「あの、白雪舞音さん。前からお話ししたかったんですが……私などでよければ、困ったことがあればいつでもお力になりますので」

「瀬里奈は勉強できるから、特にそっち方面がアテになるぞ」

「たぶん、無理なの」

「え？　無理ってなんだ？」

「瀬里奈さん、優しそうだからわたしを甘やかしてしまうの。ただでさえ甘やかされるの得意なのに、瀬里奈さんだともうわたしを初孫のように甘やかすと思う」

「う、初孫……ですか。私、この若さでおばあちゃん……」

「いやいや、そういう話じゃなくてだな！　まあ、そうだな。瀬里奈には厳しく教えるの、無理だよなあ」

「そ、そうかもしれません……」

瀬里奈もさすがに自分が甘い自覚はあるようだ。

「私は一応、葵さんのお勉強にもお付き合いしないといけませんしね……」

「それがあったか」

二学期の期末試験では、瀬里奈が葉月の追試の面倒を見ていた。

　瀬里奈は葉月の期末試験に対しても甘かっただろうが、ひとまず葉月のテストも上手くいったので、

三学期の学年末試験も瀬里奈が見るのがいいだろう。

「伊織は忙しいだろうし、穂波は頭いいけど人に教えるガラじゃないだろうし……」

「じーっ……」

白雪がわざわざ擬音を口に出して、湊を見つめている。

どうやら、湊が白雪の勉強を見てやるしかなさそうだ。

「そもそも、白雪は勉強できるのか？　一応、テストは受けてきたんだよな？」

「ギリギリなの。ギリギリ補習を受けない程度の点数を取るくらいであきらめることにしているの」

「もう少し安全圏に入ることを心がけてくれ」

ギリギリなのは出席日数だけではないらしい。

いろんな意味で、白雪は心臓に悪い女の子だ。

「勉強は俺が教えるよ。白雪への教え方を瀬里奈に教えてもらって」

「なんだか回りくどいですね……いえ、私でよければ湊くんにお教えします」

「助かる。瀬里奈にはいつも助けられてるよなあ。葉月の面倒も見てもらってるしな」

「瀬里奈さん、みんなのママみたいになってるの……」

「こ、今度はママ……私、できればみなさんの妹みたいなポジションでいたいです」

「そんな願望があったのか、瀬里奈」

湊にも意外すぎる話だった。

控えめでおとなしいところは妹っぽいが、やっていることは完全に湊たちの保護者だ。

「ふぅん……」

「な、なんですか、白雪さん？」

白雪は廊下に体育座りしたまま、じぃーっと瀬里奈を見つめている。

その目が常になく、妙に鋭い——湊にはそんな風に見えた。

「ううん、なんでもないの。瀬里奈さんは……」

「……………？」

白雪はなにか言いかけて口を閉じ、湊は首を傾げた。

「わたし、これで失礼するの。先に教室に戻って寝ないと！」

「え？　お、おい、白雪？」

白雪は立ち上がると、パーカーの裾をぱんぱんと払って。

湊が止める間もなく、一人で廊下を走り去ってしまう。

瀬里奈と二人でその背中を見送って——

「湊くん……」

「どうした？」

「私は護身術を学んでいます」

「知ってるよ。前に一回、投げ飛ばされたもんな」

「あのときは失礼を……いえ、ちょっと気になることがありまして」

「どうしたんだ？」

「湊くんに今度護身術をお教えしておこうかと思いまして。必要ではありませんか？」

「は？　なんだ、俺は誰かに刺される覚えはないぞ」

湊はごく平凡な高校生で、ごく普通に生きている。

夜遊びも一回きりで、用もなく夜の街を出歩いたりもしていない。

「そうですか……」

「それより、瀬里奈には料理を教えてもらわないとな。この前は裸エプロンを楽しんだだけだったし」

「は、裸エプロンのことは忘れてください……さすがに血迷いすぎたと思ってるんです」

「そんなことないだろ。裸エプロンなら、おかわりがほしいくらいだ」

「じゃあ、可愛いフリフリのエプロンを探しておきます……」

「エプロンのほうをパワーアップしてくれるのか」

フリフリのエプロンは瀬里奈によく似合うだろう。

今度は、あえて裸エプロンにパンツをはいてもらうのもいい。

まだまだ夢は広がっていく。

「料理は私がつくりに行ったほうが早いです。リクエストにもたいてい応えられますよ」

「やっぱり瀬里奈、ママじゃないのか？」

「そうですね、ママのつもりで湊くんのそばにいたほうがいいかも……」

湊は白雪の世話を焼いているが、その湊は瀬里奈に世話になりっぱなしだ。

「ん？　なんだそれ？」

さっきから、瀬里奈がどうもおかしなことを言っている。

「どうしたんだ、瀬里奈？　なにか気になることでもあるのか？」

「いえ……たぶん気のせいです。私、これでも一応警戒心は強いほうなので、余計なことに気を回してしまうんですよ」

「……瀬里奈が警戒心を持つのはけっこうなことだな」

瀬里奈は夜でも、一人で湊たちのマンションから自宅に帰ろうとする。

もちろん湊が送るようにしているが、人気のない公園を通って近道しようとするので、余計に危ない。

湊は瀬里奈がむしろ無防備なほうだと思っていた。

ただ、護身術を本格的に学んでいるようなので、実は危険には敏感なのかもしれない。

別に今、湊が護身術を学ぶ必要はかけらもないが。

相変わらず瀬里奈は天然で、雲を掴むように理解が難しい――

「お待たせしちゃった」

「おお、お疲れ、白雪」

夜の十時過ぎ。

湊はまた、ギャラマの前にいた。

白雪がバイトを終えて、コンビニの裏手から出てきたところだ。

今日は学校を終えて、その足でバイトに行ったので制服姿だ。

制服といっても、いつものようにぶかぶかの黒いパーカー姿ではあるが。

「はー、今日はお仕事いっぱいで大変だったの。お客さんも多かったー」

「マジでお疲れ。余計なお世話かもだけど、バイト減らしてもいいんじゃないか？」

コンビニで客の大行列ができることはないだろうが、楽な仕事でもないはずだ。

「バイトはまだいいの。お客さんはただの通りすがりみたいなもんだし、店員もみんな適当に働いてるだけで、男の人も草食系ばかりでちょっかいかけてくる人もいないし」

「学校のほうが疲れるってことか？」

「あと二ヶ月もつのかな……もうわたし、先は長くないの」

「わー、待て待て！」

ふらっとよろめいた白雪を、湊が慌てて支える。

やはり、白雪は相当に無理をしている――

「バイトをやめれば体力ももつだろ！」

「そ、そういうことか……」

「バイトがいい息抜きになってるから。やめるわけにはいかないの」

湊も決して学校が好きなわけではない。

葉月たちとの遊びやゲームをやめろと言われたら、本気で抵抗するだろう。

「でも、一週間疲れたから。今日はめいっぱい格ゲーやりたいの！」

「え、今からか？」

今日は金曜日で、土日は休みだ。

多少の夜更かしはいいだろうが、カロリーの高い格ゲーは疲れるのではないか。

「いや、まあ……どっちみち白雪の家まで送るんだしな。軽く遊ぶくらいなら」

「やった！　湊さん、最高のお友達！　大好き！」

「だ、だから抱きつくなって」

湊は、ぎゅうっと無造作に抱きついてきた白雪をとっさに受け止める。

抱きつかれるのは嬉しいが、コンビニ前も学校と同じくらいよろしくない。

「すぐに離れるから、たまに抱きつかせてほしいの。喜びの表現だから」

「わ、わかったよ」

湊は苦笑して、白雪をひとまず離して歩き出す。

抱きつかせるだけで白雪が喜んでくれるなら、拒否できない。

格ゲーも、気分転換になるなら付き合うべきだろう。

湊はまだ白雪には格ゲーは負け続けているので、そろそろリベンジもしたかった。

歩いて白雪のアパートまで行き、二人で部屋へと入った。

「うわ、寒っ。すぐ暖房入れるね。あと、あったかい飲み物も」

「助かる」

白雪はエアコンを操作してから、キッチンで熱いカフェオレを淹れてくれる。

「はー、あったまるな」

短時間とはいえ、冬の夜道を歩いてきた身体に熱い飲み物が染み渡る。

白雪もカフェオレをすすってから、さっそくゲームの準備を始めた。

「バイト終わったばかりなのに、元気だなあ」

「明日から二日も学校行かなくていいの。これで元気にならない理由はないの。だいたいわたし、夜型だからね。ここからが白雪舞音の時間なの」

「夜型ねえ……おまえ、授業中に寝てるから夜に目が冴えちゃうんだろ」

「格ゲーのオンラインも、夜のほうがプレイヤー多いんだよ」

「そりゃそうか」

湊もFPSを遊ぶなら夜がほとんどなので、人のことは言えない。

「じゃ、さっそく始めよっか。湊さん、本気で来てほしいの」

「本気じゃないと、白雪には勝てないだろ」

「あ、ちょっと待った。その前に」

「ん？」

白雪は、湊がローテーブルの上に置かせてもらったスマホを指差してきた。

「葉月さんには連絡しといたほうがいいんじゃないかな」

「なんでだ？」

「今夜は湊さんを帰さないから。なんなら、この週末は泊まり込みで遊んでもらうの」

「…………まあ、連絡はしておくよ」

葉月も湊が家に来なければ気にせず寝るだけだろうが、一応連絡しておいて損はない。

湊がＬＩＮＥで白雪の家で格ゲーを遊ぶと連絡すると。

「お、返事来た。ああ、今夜はまた穂波と泉が泊まりにきたらしい」

これはどっちみち、湊も葉月家に行くわけにはいかなかったようだ。

穂波だけなら三人で遊ぶところだが、泉サラとは友達とも言えない関係だ。

泉サラも穂波にも負けない派手すぎるギャルで、湊はまだ苦手意識があるくらいだ。

「さすが葉月さん、陽キャグループは息をするようにパジャマパーティもするの」

「パジャマパーティかどうかは知らないけどな……」

あの派手なギャル三人が揃って、なにをするのか湊には想像もつかない。

「例によってウチの父親は出張行ってるし、これでOKだな」

「うん、完全にOKなの。予想以上に完璧なの」

「え？」

「さ、ゲームゲーム。スタバトでいいよね？」

「あ、ああ」

予想以上に完璧、とはちょっと気になる言い回しだ。

まさか本当に一晩中格ゲーをやることになるのだろうか……？

湊は不安に襲われつつ、アケコンを手元に引き寄せた。

「うわーっ！　あそこでパリィ決めてくるか!?」

「ふふ、自分でも上手くいきすぎて怖いの」

二時間ほど〝スタジアム・バトラー〟で白雪と対戦して——

スタバトは三本勝負。二本先取で勝ちが基本で、湊は何度か一本取るのが精一杯だった。

まだ一度も白雪に勝てていない。

「くっそー、必殺技も出せるようになってきたのに……！」

「ふふ、必殺技を自在に出せるのは前提でしかないの。どのタイミングで、どの必殺技を出すかが重要なの」

「まだそのレベルまでいけてないなあ、俺は。ちょっとでも隙があったら必殺技を繰り出したくなっちまう」

「タイミングがまだまだ甘いの。必殺技はかわされたら大きな隙ができちゃうから。あと、明らかに終盤は集中力が切れてるね。細かい攻撃をさばき切れていないの」

「うう、つい攻撃が雑になるんだよなあ……」

やはり、湊はまだまだ格闘ゲームには慣れていない。

ＦＰＳも敵を警戒しなくてはいけないが、それでも移動やアイテム回収などで多少気を抜ける時間がある。

それに比べれば格ゲーは常に敵が目の前にいて、絶え間なく攻撃を繰り出してくる。

おまけにレバーやボタン操作も忙しく、フィジカル的な疲労もたまってしまう。

後半のプレイが雑になるのも当然だが、最後まで集中して戦わないと、勝っていてもあっさり逆転されるのだ。

「白雪は集中力凄いよな。隙を見つけるのも上手い」

「わたし、観察力はあるの。湊さんが気を抜いたら一瞬で気づいちゃう」

「マジで、油断したら即座にやられてるもんなあ」

湊は、白雪とリアルファイトしても負けそうな気がしてきた。

「なんか身体も凝るしなあ。まだアケコンの操作に慣れないせいか……」

「湊さんは普段、キーマウでFPSやってるんだよね？　アケコンは操作方法が全然違うから仕方ないの」

「やっぱり、ランク戦で鍛えないと白雪にはまだかなわないか……」

隣にいる人間と直接戦うのは楽しいが、白雪とのレベル差は大きい。

たまに一本取れるのも、偶然上手く湊の攻撃がハマったという場合がほとんどだ。

「どうする、湊さん？　このくらいでやめておくの？」

「……いや、もう少しお手合わせお願いします」

湊はきっぱりと言い切った。

どうせ今夜は帰宅はあきらめているので、朝まで遊んでも問題はない。

我ながら、いつもの遊びもせずにゲームに熱中しているのも不思議なものだが――

これでもゲーマーの端くれ、負けたままでは済ませられない。

湊と白雪は、対戦を再開して――

「ああ、くっそー！　ミリの差で負けたーっ！」

さらに一時間、対戦を続けたところで。

１－１で最終ラウンド、後半に湊の必殺技が上手く当たって白雪を追い込んだのだが。

「最後の最後で必殺技の発動に失敗してたの。勝ったと思って気が抜けたね。あの油断は致命的だったの。追い込んだときほど、集中してプレイしないと」

「くうーっ……！」

湊はアケコンのボタンをバンと叩いて悔しがる。

白雪のアケコンなのだから雑に扱ってはいけないが、悔しさのあまり叩いてしまった。

「ちょっと指先がおぼつかなくなってきてんな……休憩してから再戦かな……」

「だいぶお疲れみたいだね、湊さん」

「そういう白雪はまだまだ元気そうじゃないか」

「わたしは、学校とコンビニ以外だとだいたい元気なの」

白雪はニコニコ笑っていて、本当にかなり余裕がありそうだ。

湊も体力には自信があったのだが、実のところかなり疲れていて最後にはボタンを押す手にも力が入らないレベルだった。

「俺はちょっとダメかな……一眠りしたいくらいだ」

「じゃあ、わたしが眠らせてあげるの」

「え？」

「また油断したね、湊（みなと）さん」

「え？　油断って——うっ⁉」

突然、湊のうなじに冷たいものが押しつけられたかと思うと。

パパッとなにかがスパークしたかのような音が響いた。

「い、今のは……」

「ごめんなさい。でも大丈夫、心配しないでいいの。これで——」

湊は意識が薄れゆくのを感じながら——白雪（しらゆき）の甘い声を聞いていた。

「これで湊さんのお友達は、わたしだけなの」

8 女友達は地雷かもしれない

なにか悪い夢でも見ていたようだ。

まだ冬の寒い時期だというのに身体が熱く、息苦しささえ感じてしまう。

湊は早く目覚めたいと思っているのに、どうしても目が開けられない。

意識が遠くなったままの不思議な感覚が消えてくれない。

「うう、ううっ……」

「だいぶうなされてるね。大丈夫……なの？」

肩を摑まれ、揺さぶられる感覚がして――

「………っ！」

湊は唐突に目を開けた――開けられるようになった。

部屋は薄暗く、目が闇に慣れるまで少し時間がかかった。

「この天井は……」

見覚えのない天井――いや、何度か寝転んで見たことがある天井だ。

「あ、起きた？　大丈夫、湊さん？」

すっと視界に入ってきたのは、白雪舞音の顔だった。

ピンク髪のツインテールに、なぜか黒マスクを着けたままだ。

「あれ、俺……？」

湊は、少しずつ意識が鮮明になってくるのを感じた。

同時に、記憶も戻ってきた——倒れるようにして意識を失ったときの記憶が。

「……そうだ！　おい、白雪、おまえ俺になにを——！」

「急にばっちり目覚めるの。実はこれを使っちゃった」

湊はベッドに仰向けに寝ていて、白雪はベッドのそばに立っている。

その白雪が手に持っているのは黒くて分厚い板状の物体で——

「まさかそれ、スタンガン!?」

映画やドラマで見た覚えがある——というより、映像でしか見たことがない。

「そう、電気ショックでビリビリっていくヤツなの」

白雪は手に持っていた黒い物体のスイッチを入れる。

バチバチッとなにかがスパークする音が響いた。

寝転んだままの湊が見上げる、白雪がスタンガンを構えた姿は——

まるで魔王のようだった。

「ほら、大きい男の人につきまとわれてたでしょ。わたしもヤバいと思ったから、手に入れておいたの」

「……一応、警戒心があるようでよかったよ」

皮肉ではなく、湊は本気でそう思う。

コンビニ前で白雪に絡んでいた大男に対抗するには、武装は必要だろう。

「できれば、俺にくらわせないでほしかったけどな」

「湊さん、倒れちゃってびっくりした。そこまで電圧高くないはずなんだけど。ビリッと来て、少し動けなくなるくらいって聞いてたの。ネットのレビューってあてにならないもんだね」

「電撃が効きやすい体質なのかな、俺……」

湊はまだ身体の自由が利かないのを確認する。

わずかに手足を動かすのが精一杯で、ベッドの上で身体を起こすこともできない。

「上手くいってよかったの。何度か隙を窺ってたけど、意外と気絶しないかもって不安で実行できなかったんだよね」

「隙を窺ってた……？」

「瀬里奈さんがいるときは危なかった。あの人、ぼーっとしてるようで隙がなかったの」

「…………なんかいろいろ辻褄が合ってきたな」

白雪は瀬里奈に含むところがあるようだったが、攻撃のタイミングを瀬里奈に読まれていると思っていたとは。

瀬里奈も護身術のことを話していたのは——白雪の企みを察していたのかもしれない。

「それで俺……なんでスタンガンなんかくらったんだ？」

「………………」

白雪は湊を見下ろしたまま、黙っている。

沈黙があまりにも重たかった。

大きめパーカーから伸びるすらりとした脚がエロいが、さすがの湊もこの状況で生足に欲情したりしない。

「湊さん、どっか身体がおかしいとかない？　見た目、元気そうだけど」

「いや、別に」

一芝居打ってもよかったが、湊は自分に演技ができるとは思っていない。

もっというなら、友達相手に芝居などしたくなかった。

「それならよかったの。ここから動かないでね」

白雪はここで初めて微笑した。

だが、その微笑がどうにも怖くて仕方ない。

「動いたらもう一発いっちゃうから」

「…………っ」

白雪が屈んで、スタンガンを湊の首元に近づけてくる。

また気絶させられるなど、冗談ではなかった。

「おとなしくしてたら、使わないよ」

白雪は微笑して、スタンガンを首筋から離した。

「というか、動きたくても動けないと思うけど」

「言っておくが、そろそろ腕くらい動かせそうだぞ」

「動けるけど、動けないと思うの。ほら、これ」

「え？　ああっ⁉」

湊はこのときになって、ようやく気づいた。

湊が横になっている白雪のベッドは、ピンク色で可愛い——〝姫系〟とでも呼んだほうがよさそうなデザインだが。

基本的には、いわゆるパイプベッドだ。

そのベッドの枕元の部分のパイプに——手錠が繋がっている。

パイプに繋がった手錠からはワイヤーが伸びていて、反対側の手錠は湊の右手首に繋がれている。

「な、なんだこれ⁉　手錠とかマジか！」

「両手を繋げるか迷ったけど、片手だけにしておいたの。湊さんをあんまり不自由にもさせたくなかったから」

「お、お気遣いどうも……」

礼を言うことだろうか、と思いつつも思わず感謝してしまう。

「で、これは……新しい遊びか？」

「そうそう、お遊びなの。誘拐ゴッコかな」

「………」

これは誘拐というより監禁ではないだろうか。

湊はそう思いつつも、そのワードを口に出したくなかった。

「なあ、白雪。これが一番重要なことだが……なんでこんな遊びを？」

「湊さんをわたしだけの友達にするんだよ」

湊は白雪の言葉の響きがあまりに暗く、ゾクリとしてしまう。

わたしだけの友達にしたい——意味がわかるような、わかりたくないような。

「学校に行ってわかったの。湊さんには、わたしとは違ってたくさん女子の友達がいて、みんな可愛くて、あの子たちと遊びたくなるのもよくわかるの」

「し、白雪も友達なんだよ。葉月たちとなにも変わらない——」

「黙れ。嘘をつくな」

「…………っ！」

白雪はズバッと言い切って、またスタンガンをバチバチと鳴らした。

響きが暗いだけでなく、口調が変わっている。

湊は豹変した白雪に、初めて恐怖を覚えた。

「わたしなんて地雷系ファッション以外は特徴も取り柄もない、ただの女の子なんだよ。葉月葵みたいな陽キャの女王じゃないし、瀬里奈瑠伽みたいな万能のお嬢様じゃないし、伊織翼みたいな王子様な生徒会長でもないし、穂波麦みたいな優等生のギャルでもないし、茜沙由香みたいな数字つよつよの合法ロリでもないんだよ。見ればわかるだろ」

「……白雪も充分キャラ立ってるだろ」

白雪からの強い口調の言葉に圧されながらも、湊はかろうじて言い返す。

登校再開して数日だというのに、もう校内で白雪舞音の名を知らない者はいない。

あの私服同然の派手なファッションだけでインパクトは充分——

学校でも居眠りしっぱなし、起きたかと思えば湊に張りついて離れない。

特に葉月や瀬里奈、伊織を恐れているようで、不審者のように逃げ回っている。

これだけ目立っておいて、〝ただの女の子〟というのは無理があるのではないか。

「へぇ、湊さん、この状況で反論してくるなんて強気だね」

「お、おいっ！」

白雪はスタンガンを、ぐいっと湊の首筋に押しつけてきた。

既にスイッチは切られていたが、湊は心臓が止まりそうなほど驚かされた。

「まあ、いい。あんたがわたしをどう思っていても関係ない。どうせ、これから——躾をするんだからさ」

「し、躾!?」

「怖がることはないよ」

無茶を言うな、と湊は言いかけた言葉を飲み込む。

「ちょっと時間をもらって、湊さんがわたしから離れられなくなるようにするだけ」

白雪はスタンガンをまた離して、パーカーのポケットにしまった。

それから、笑顔でぽんと両手を打ち合わせる。

「大丈夫、遊びだから。痛いこととかは極力しないから安心してほしいの」

「極力……っていうのも怖いが、手錠をされてる時点で安心できない……」

「手錠をしないと、あんたはすぐ葉月葵たちのところに戻っちゃうでしょうが。それだけは絶対にさせない」

白雪はまた怖い口調になり、湊を睨んでくる。

「湊さんが動けないうちに、ちょっとお買い物行ってくるの。いい子で待っててね」

「………」

白雪は笑顔に戻って、スマホだけ持つとさっさと出て行ってしまった。

一人残された湊は——立ち上がろうとするが、腹筋に力が入らない。

女友達を信じたい気持ちはある。

白雪が極端に手荒いことなどはしないと思いたい。

だが一方で、この薄暗い部屋で見た、白雪舞音(まいん)の知らない側面に恐怖を覚えている自分もいる。

逃げなければ——恐怖して、そう思ってしまっていることを湊は否定できない。

なんとか動く右腕だけで少し身体を起こしてみる。

まず真っ先に手錠を確かめてみると——

「この手錠……おもちゃだよな？　あ、でも意外とつくりはしっかりしてんな」

プラスチック製で見た目は安物だが、おそらく鍵がなければ外すのは難しい。

鍵は単純な構造だろうが、湊にはピッキングの技術などない。

「ベッドを壊すほうが早いくらいだな」

意外なことに、白雪は手先が器用らしい。

手錠は鎖の部分が頑丈そうな一メートルほどのワイヤーに取り替えられている。

鍵を壊すより、ワイヤーの取り付け部分を壊すほうが——いや、それも難しそうだ。

少なくとも、道具もなしに素手で壊せば逆にケガをするだろう。

「………」

白雪の部屋は1K。

室内で扉があるのはユニットバスだけなので、湊を閉じ込めることは不可能だろう。

玄関ドアでも窓でも、好きなところからいつでも出られる。

「だからこその手錠なんだろうが……ドラマで外し方、見たっけなあ」

一番ポピュラーなのは手首のところで切断してしまう方法だ。

実は親指を付け根から切り落とすだけでも手錠から抜けられる、という話もネットで見たことがあった。

「冗談だろ」

右手がなかったらマウスが持てないし、FPSを楽しむのが難しくなる。

なにより、女友達の乳首をつまんでコリコリするのが大好きなのに、親指がなければやりづらくて仕方ない。

「無し無し、そんな無茶ができるかよ」

湊はなんとかズボンのポケットを漁ってみるが、なにも入っていない。

当然、スマホは取り上げられたらしく、目につくところには見当たらない。

「……さっきの白雪、ヤバかったな」

湊はあらためて、つい先ほど感じた恐怖を思い出す。

さすがに殺されることはないだろう──と思うが。

白雪の豹変した顔と口調を見た今は、無傷で帰れるか心配になる。

何食わぬ顔をして湊を監禁する準備を進めていたのだから、そう簡単に解放されるとは思えない。

湊はふと思った──先日の茜の話をもっと真面目に受け取っておくべきだったと。

そう、白雪舞音は馬鹿じゃない──計算して動いている。

「どうすんだよ、これ……」

湊は焦りつつも、再び横になることにした。

今は身体はろくに動かないし、手錠がある限り脱出は不可能だ。

寝転んだまま、手錠の鍵穴やワイヤーの結合部分をイジっていると──

「ただいま、帰ってきたの」

「……おかえり」

湊はぱっと手錠から手を離し、身体を起こす。

手錠に熱中していた間に、身体はだいぶ動くようになっていたようだ。

部屋に入ってきたパーカー姿の白雪は、大きめのエコバッグを持っている。

「たくさん冷凍とかインスタントのご飯とか、お菓子とか買ってきたの。これで一週間くらいは大丈夫」

「い、一週間？」

白雪はキッチンの床にエコバッグを置いて、ふーっと息をついた。

「足りなくなったらまた買ってくるの。大丈夫、わたし仕送りあるしバイトもしてるから、お金はあるの」

「そういう問題じゃなくてだな……」

湊はそこまで言って、はっと気づいた。

「あのさ、白雪。トイレとかは……？」

「………………」

「冗談だろ！」

白雪が青いバケツを持ってきたので、湊はさすがに大声を上げてしまう。

「冗談、冗談。トイレは行かせてあげるの。窓から脱出したりしちゃダメだよ？」

「マジシャンじゃないんだからな」

白雪のアパートのトイレは窓が小さく、標準的な体格の湊が出入りするのは不可能だ。

おそらく、白雪は別のところに手錠を付け直してトイレに行かせるつもりだろう。

「ううん、そうじゃないね。もういっか」

「え？」

白雪はキッチンに戻ると、そこにあった戸棚を開けて——

ベッドのところまで来ると、戸棚から取り出した鍵を使って手錠を外した。

「し、白雪？　手錠、外していいのか？　俺、逃げるぞ？」

「逃げてもいいの」

白雪は鍵をぽいっと床に投げ捨てて微笑む。

「もし湊さんがこのお部屋を出て行ったら」

「……どうするんだ？」

「わたし、もう二度とこの部屋から出ないの。一生ネット通販とデリバリーだけで生きていくの」

「…………」

つまり学校には行かないということらしい。

「だからここにいてくれるよね、湊さん？」

「白雪……」

「ねえ、わたしたち友達なんだよね……？」

白雪は、陰のある微笑みを湊に向けてきた。

どうやら、白雪は——

手錠よりもよほど強力な鎖で、湊を縛りつけることにしたようだ。

まずい、この事態を一刻も早く解決しなければ。

湊は背中を冷や汗が伝っていくのを感じた。

危害を加えられる可能性があるのも怖いが――

それより、白雪自身もこの部屋を出るつもりがないというのが問題だ。

湊に危険が及ぶかはわからないが、白雪の出席日数が危ないのは間違いない。

出席日数に多少の余裕があっても、この先に白雪が体調不良で休むこともあるかもしれない。

俺を監禁するのはいい――よくはないが、それで白雪が欠席日数を増やすような事態だけは避けなければ。

湊はなによりも白雪の欠席日数が気になっている。

おそらく、湊を監禁しているうちは白雪も学校には行かないだろう。

休みの土日のうちに、なんとか白雪に監禁をやめさせる必要がある。

「湊さん、ベッドから動かないでくれるよね？」

「………………」

湊は黙って頷く。

手錠で縛られていなくても、白雪の言うことには逆らえない。

「あのな、白雪。こんなことしなくても、俺は白雪と友達だし、別に葉月たちとどっちが上とか下とかもないんだよ。だから――」

「嘘を――って、友達を疑うのはよくないよね」

白雪はまた凄んだ声を出しかけて、一転していつもの口調に戻った。

凄まれるよりも、コロコロ豹変するほうが怖いかもしれない。

「湊さんがどう思ってるかよりも、わたしがどう思うかが問題なの」

「え……？　それはどういう……？」

「葉月さんたちと同列だなんて、自分で思えないの。わたしはこの世の誰よりも自分を信じていないから」

「じ、自虐にもほどがある……！」

白雪は、自分が湊の友達でいられる自信がどうしても持てないらしい。

だからこそ湊を閉じ込めて、物理的に湊の友達は自分だけしかいないという状況をつくり出そうとしている……。

「格ゲーもいいけど、充分遊んだから……やっぱりわたしたちは、この遊びがいいよね」

「白雪……？」

白雪が、ぶかぶかパーカーの裾に手を突っ込んだかと思うと。

すとん、とチェックのミニスカートが床に落ちた。

「これ、邪魔。あ、ブラウスも邪魔。ちょっと失礼しちゃって……」

白雪は、くるっと後ろを向くとなにやらゴソゴソし始めた。

パーカーのファスナーを下ろしたり、ボタンを外したりしているらしい。

「よし、できたの。どう、こんなのよくない？」

「それって……」

「ふふ、これなら制服も悪くないの」

白雪はそう言うと、まだベッドに寝転んだままの湊の前に座り込んでくる。

「いや、もう制服要素ほとんどないだろ、それ……」

「ここまでやって、やっとわたしも納得できる可愛さになったね」

「………」

白雪はベッドの上で膝立ちになり、寝転んだ湊を見下ろしている。

さっきまでのぶかぶかパーカー制服姿と大差ないようで、実は明らかに違う。

パーカーのファスナーは胸のあたりまで閉じられているが、その胸元は――谷間がくっきりと見えている。

「裸リボンっていうの？　ふふ、馬鹿みたいだけど可愛いの……」

首元に、さっきまでブラウスの襟に結んでいた赤いリボン。

剝き出しの鎖骨のあたりに、リボンだけがあるというのは変な感じだった。

しかもついさっき床に落としたスカートもそのまま——ということは、太もものあたりまで隠しているパーカーの下は下着しかはいていない。

「ブラウスもスカートもなしじゃ、全然制服でもなんでもねぇ……」

「この裸パーカーが白雪舞音の真の制服姿だよ。本当はずっと、こうしたかった。湊さんの前でだけ真の姿を見せてあげるの」

白雪は前屈みになって、湊に顔を寄せてくる。

谷間がさらにはっきり見えて、湊は唾を吞み込みそうになる。

「……さすがにその格好で登校したら、伊織も許してくれないだろうな」

「あの生徒会長くん、生真面目すぎるの。この何日かで何度もお説教されちゃったの」

「おまえ、問題児だからな？　伊織が学校側からの防波堤になってくれてるんだよ」

伊織が真面目で融通が利かないとしても、もっとお堅くて厳しい教師から説教されるよりマシだろう。

「やっぱり、会長くんを庇ってる……わたしより会長くん……」

「待て待て待て！　そういうわけじゃないって！」

迂闊にツッコミを入れることもできないようだ。

「だったらもっといっぱい遊んで、わたしに夢中になってもらわないと……」

白雪は妖しく微笑むと、パーカーの裾を軽く上に引っ張ってみせた。

白い太ももがあらわになり――例の紫色の蝶があらわになる。

「そうだ、湊さんもタトゥー、入れてみない？　わたしとお揃いの蝶を」

「い、陰キャには似合わないんで遠慮しとくかな」

「色違いがいいかな。太ももより、二の腕とか似合いそう」

「話聞いてたか⁉」

湊は間違ってもタトゥーを入れるキャラではない。

なにより痛そうなので、たとえ女友達からの頼みでも拒否したいところだ。

「あ、そうだそうだ」

白雪は、ぴょんとベッドから飛び降りた。

壁際に置かれた戸棚を漁ったかと思うと、なにか持って戻ってくる。

「お、おまえ、それ……！」

またベッドに乗っかってきた白雪の手にあるのは、カッターナイフだった。

「わたしが湊さんの腕に刻んであげちゃう。あ、動かないでね。動くと――変なトコ切っちゃうかも？」

「じょ、冗談だろ！」

「こう見えて、実はわたし器用なの」

白雪は、チキチキッと音を立ててカッターの刃を引き出した。

「この蝶、毎日見てきたし、同じ絵を刻むくらいできると思うの。色はどうやってつけようかな？　傷口にマニキュアでも流し込めばいいかな？」

「待て待て、そんな大ざっぱなやり方……！」

湊はさすがにベッドから逃げ出しそうになる。

専用の道具でも怖いのに、カッターナイフで腕を切られるなどゾッとする……！

「なーんて、冗談なの。湊さん、今ガタガタ震えてたの。友達にそんなことするわけ……ないよね？」

「な、なんで疑問形なんだよ？」

おまえの出方によっては、本当に刻むぞ――

白雪がそう言っているように聞こえて、恐ろしすぎた。

「わたしも初めてのときは血が出ちゃったから、湊さんにもちょっとくらい血を見てもらおうかと思っただけ。でも、やめとこ」

「……俺だけ気持ちよくて悪かったよ」

湊は恐怖を抑え込んで、なんとか口を開いた。

黙っていたら悲鳴を上げてしまいそうで、しゃべらずにはいられない。

「ううん、初めてのときからわたしも気持ちよかったからいいの。湊さん、わたしを気持ちよくしてくれるよね……これからも」

白雪は、カッターナイフを無造作に床に投げ捨てた。

それから、パーカーの裾を両手でつまんで上げていく。

その下にはいていた、明るいピンクのパンツが丸見えになった。

「大丈夫、これ以上は怖いことはしないから。湊さん、大好きなパンツを見せてあげる。見て見て」

「………」

パンツのおかげで、恐怖心が消えていくのが我ながらどうかしている。

湊は、俺も人から見れば怖いのかも、と思った。

「今日は可愛いピンクにしてみたの。やっぱりわたし、ピンク好きだし」

「私服はほぼピンクだもんな……」

湊はこの状況でも、パンツを見せられるとそちらに目がいってしまう。

今日の白雪のパンツは、テカテカした派手なピンク色で、意外と見たことがないタイプの下着だ。

「ブラはもうブラウスと一緒に取っちゃったから……脱がせるのはこっちだけだね」

「いや、俺はパンツは脱がさないことも多いからな」

「脱がさずズラすだけとか……もう、パンツも見たいし、ヤらせてほしいってわけだね。湊さんはどこまでもほしがりなの」

「そういう白雪もだろ……俺なんかを独占しようとしてるんだから」

「そう、独り占めしたいの」

白雪は屈み込み、黒マスクをズラして軽くキスしてくる。

「というか、わざわざ監禁しなくても、俺と泊まりがけで遊びたいって言えばいいだけのことだっただろう?」

「それじゃダメなの。絶対に誰の邪魔も入らない状況で、湊さんをわたしだけで独り占めすることが重要だから」

白雪は身体を起こすと、ジィッとパーカーのファスナーを下げた。

Dカップの胸が半分近く見えて、ピンク色の乳首がちらりと覗いている。

「おっぱい、あまり大きくないけどたっぷり楽しませてあげるの。何度も吸われてイジってもらったけど、綺麗なピンク色のままだし、この色の乳首好きだよね?」

「そりゃ好きだけど、もっと吸いたいけど、この状況で……?」

「状況なんか気にならなくしてあげるの。ほら……♡」

「………っ」

白雪が再び屈み込み、ピンクの乳首を湊の口元に押しつけてくる。

この先どうなるのか、湊にもまったく予想がつかない。

だが、身体の痺れはいつの間にか、ほとんどなくなっている。これなら――

「きゃんっ♡　い、いきなり強くちゅーちゅーしすぎなのっ♡」

湊はぱくっと乳首を口に含み、強く吸い上げる。

さらに――

「ひゃうんっ！　お、お尻ぃ……生で鷲掴みにされてるのっ♡」

「俺の手を自由にしたのが運の尽きだったな、白雪」

白雪のパーカーの裾は上がったままで、パンツをはいただけの尻も丸出しだ。

湊はその尻を鷲掴みにし、ぐにぐにと揉むようにする。

胸を揉みしだいてもいいが、まずはパーカーから完全にあらわになっているこの尻を楽しむのが先だろう。

「んっ、あっ、パンツの中に手、入っちゃってる……のっ！」

「白雪の尻、ぷるぷるしてて柔らかいんだよな……そういや、まだちゃんと味わってなかったかも」

「ダ、ダメぇ……ダメじゃないけど、いきなり撫で撫でしすぎなの……！」

「白雪はもうその気なんだろ。だったら……どこで楽しませてもらってもいいよな？」

「う、うん……好きにしていいの……逃げなければね」

「………」

最後のぼそっとつぶやいた一言が低く響いて、湊はまた恐怖を覚える。

白雪が可愛くてエロいおかげで恐怖がまぎれているといっても、スタンガンやカッターナイフ、それに凄みのある声——

下手なことをしたら、なにをされるかわからない。

こんな状況で白雪の身体を楽しめるのかどうか——

監禁は映画やドラマではたまに見るが、自分がそんな状況に置かれるとは想像もしなかった。

特殊な監禁ではあるが、〝逃げられない〟ということには変わりはない。

「ほら、好きにして……好きにしてくれないの？」

「いや……」

どうせ逃げられないなら、恐怖をごまかすためなら。

せめて白雪の望みどおりにヤらせてもらい、このエロい身体を楽しむことで気を紛らわすしかないだろう。

「やんっ、あぁっ……♡」

白雪が尻を激しく撫で回され、ぱたっと湊の上に倒れ込んでくる。

ベッドの上で、湊と白雪は抱き合う体勢になり——

「んっ♡」

湊は、ぐいっとピンクのパンツを手探りでズラした。

とりあえず一回ヤらせてもらい、落ち着いてからこの先どうするか考えよう。

湊はそう決めて、倒れ込んできた白雪と唇を重ねながら。

さらにパンツをズラして、ぐっと腰を彼女へと押しつけていく――


「はぁ、はぁ……格ゲーであれだけ遊んだのに、まだまだ元気すぎるの……」

「……白雪もな」

白雪はベッドに寝転んだままの湊にまたがるような体勢で、荒い息をしている。

パーカーはまだ着たままで、前は大きくはだけて左側の胸は完全に丸見え、右側は半分ほど見えている。

鎖骨のあたりの〝裸リボン〟もほどけかけていて。

パーカーの裾は乱れ、まだはいているピンクのパンツも丸見えだ。

「シーツ、だいぶ汚しちゃったな……」

「そんなの、どうでもいいの。今日は……アレは使わなくていいの。湊さん、無しがいいんだよね？」

「それはまあ……」

瀬里奈とはほぼ着けず、葉月と伊織は半分くらい、穂波は意外と毎回着けている。

だが今日は――

「三回もそのままなんて……すっごかったの……」

「三回とも最後は口で掃除してくれたしな……そこまでやらなくてもいいんだが」

「監禁なんだから、わたしがちゃんとお世話してあげないと。今度は最初から最後までわたしのお口だけでヤってみる？」

「それもいいが……」

湊は寝転んだままで三回楽しませてもらって、少し疲れている。

もう真夜中――学校を終えて、格ゲーも遊んだあとなので、だいぶ疲労がたまってしまったようだ。

「もう終わりなの？　意外と早かったの」

「この体勢じゃちょっとな。せっかく手錠も外してもらったんだから、今度は――」

「ああ、わかったの。それじゃあ……湊さん、こうしちゃおうか？」

「は？」

白雪はまだベッドのパイプにかけられたままだった手錠を外すと。

手錠のワイヤーを一度パイプに通してから。

今度は手錠を自分の両手にはめて、それからその両手を高く掲げ、ベッドに寝転んだ。

「わー、なんか凄くイケないプレイをしてるみたいなの♡」

「実際、ヤバいプレイになってるよな⁉」

まるで、湊のほうが白雪を監禁してイケない遊びをしているかのようだ。

完全に白雪を拘束して好き放題にしてやろうという構えだ。

これはこれで、さっきまでとは別の意味で怖い。

夢中になって何回もヤりまくることでまぎれた恐怖が、またよみがえってきそうだ。

「こ、これはさすがに……遊びの範囲を越えてないか⁉」

「……遊んでくれないの？」

「うっ……」

白雪はがっかりしたような目を湊に向けてくる。

「そっか、こういう遊びは湊さんの好みじゃないか……」

「あ、あのなあ。言っておくが、遊んでばかりってわけにもいかないんだよ。こんな誘拐ゴッコだって何日も続けられない！」

「……湊さん、どうしてもわたしを進級させたいんだ」

「当たり前だろ。はっきり言うが、俺の最優先事項は白雪の進級だ」

湊はきっぱりと答えたが、白雪は不満そうだ。

「もし、わたしが進級できたとして――」

「もし、とか不吉なことを言うな」

戸惑いつつ、湊は答える。

これだけ白雪を気にしているのに、本人はまだ進級する気が感じられないのが一番困る。

「進級したらまた二ヶ月くらい休めるから、湊さんと遊びまくれるの」

「待て待て！　進級したら出席日数がリセットされ――るのかもしれないが、また二ヶ月お休みができるってわけじゃないぞ！」

毎年二ヶ月も休んでいたら、学校からそれなりに厳しい処分が下るのではないか。

「ダメなんだー……」

「…………」

まずい、と思った。

湊はもう確信している――

白雪は情緒が不安定すぎて、湊一人の手には負えない。

スタンガンで気絶させて手錠で拘束して監禁、カッターナイフでタトゥーを刻もうとする、というだけで完全に常軌を逸している。

かと思えば湊の拘束を解き、こうして好き放題に遊んで――

なにもかもがメチャクチャで、湊には行動が予想できない。

「この遊びもダメ？　わたし、まだ遊び足りないんだけど……ダメなの？」

「白雪……いつまでも続けるわけにはいかないだろ」

寝転んだ白雪のパーカーは前が開いたままで、彼女が身じろぎするたびに、ぷるっ、ぷるっと小さく胸が揺れている。

ピンクパンツも見えたままで、正直まだいくらでもヤれそうな気がするほどエロい。

今は疲れていても、彼女の身体を味わい始めればまた止まらなくなるだろう。

この地雷系の服に包まれた華奢(きゃしゃ)な身体は、何度楽しんでも飽きるということはない。

だが、白雪と普通に遊んでいる場合なのか。

湊が迷っていると――

「そんなのダメ」

「え？」

「ダメメダメダメダメダメダメダメダメダメダメダメダメダメダメダメダメダメダメッ、ダメダメダメダメダメダメダメダメダメダメダメダメダメぇっ！」

「な、なんだ？」

取り憑(つ)かれたように叫びだした白雪の口を、湊は慌てて手で塞いだ。

このアパートはつくりはしっかりしているようだが、こんな大声を上げたらさすがに周りの部屋に聞こえてしまう。

「し、白雪。マジでこの部屋に踏み込まれるぞ！」

「んんっ……だ、だって……」

湊が白雪の口からゆっくりと手を離すと、彼女は不満そうに言った。

「せっかく独り占めしようとしてるのに！　湊さんにはわたしとだけ仲良くしてもらおうと思ったのに！　もう終わりなんて絶対にダメ……ダメなのっ！」

「でも俺、いつでも逃げ出せるぞ」

「逃げちゃう……の？」

「………」

白雪は、すがるような目を向けてくる。

湊は目の前の彼女が、自分を脅迫してこの部屋に閉じ込めている相手とは思えなくなってきた。

あまりにも情緒不安定で、凶器を振り回して、なにをやらかすかわからなくて。

恐怖はいつの間にか消え、その代わりにこみ上げてきた感情は——

「……逃げない」

「きゃっ」

湊は、中途半端に開いていたパーカーのファスナーを下げ、前を大きく広げる。

ぷるるんっとDカップの形のいい美乳があらわになる。

「み、湊さん……？」

「白雪は俺の友達だ。ヤらせてほしいと本気で思えて仕方ない、可愛い女友達だからこそ、白雪を——救いたい、と思ってる」

今、白雪の情緒が崩れかけるところを見てしまった。

彼女は湊に何度も身体を晒して、何度もヤらせてくれた。

湊がやるべきことは脱出ではなく、彼女の崩れかけた情緒を守ることだろう——

「す、救う？　湊さんを監禁して脅かしてるわたしを？　お人好しすぎなの……」

「誰にでも人がいいわけじゃない。友達を救いたいと思うのは当たり前だろう」

恐怖を乗り越えた湊の中にこみ上げてきたのは、白雪を救いたいという気持ちだ。

「でも、俺にできることなんて限られてる。できるのは女友達と遊ぶことだけなんだ」

「こ、これも遊びなの……？」

白雪はベッドに繋がれたままで——身体をよじった。

ぷるんっ、とDカップのおっぱいが揺れる。

ピンク色の乳首はこれまでの刺激で尖ったままで、まるで吸ってもらいたがっているかのようだ。

ファスナーを完全に下ろしてしまったので、おっぱいもピンクのパンツも丸見え。

もう湊が、この最高の身体を味わうために邪魔になるものはなにもない。

「ああ、もっと遊ばせてくれ」

「こんな格好で遊ぶのは……もうこれじゃ裸と変わらないの……」

「この黒いパーカー、校内じゃ白雪のトレードマークみたいになってるよ。これを着てるだけで充分だろ」

湊にはこれも地雷系ファッションなのか判断がつかないが、充分に目立つ服装だ。

可愛いぶかぶかの服を脱がすつもりはない。

「白雪、そんなに遊んでほしかったら徹底的に遊んでやる。おまえがもう嫌だと言っても止めない」

「え、えっ？」

白雪は大きな目をぱちぱちと瞬きさせている。

「俺、初めて本気になるかもしれない」

もう今となっては、湊も理解している。

自分はいわゆる〝絶倫〟というヤツなのではないか――

最大で葉月、瀬里奈、伊織と三人にヤらせてもらったが、彼女たちと何度も遊んでもまったく尽きることなく楽しめた。

三人を相手に何度でもヤらせてもらえる体力を──本気でたった一人にぶつけたらどう
なるのか。
自分でも恐ろしくなるほどだが、白雪に拒否権はない。
「あっ……んっ♡」
湊は白雪にのしかかった体勢のまま唇を重ねる。
彼女の唇を挟むように味わい、舌を絡め、吸い上げて──また激しく唇を重ねていく。
「おっぱいももっとだな……」
「は、はぅ……んっ♡　す、すっごい……そんな音を立てて吸ったら、ちょっと恥ずかし
いの……！♡」
湊ははだけたパーカーからこぼれている胸をぐにぐにと揉んでから、激しく吸い上げ、
軽く嚙みついた。
Dカップのおっぱいを手と口で心ゆくまで楽しみ、味わい尽くして──
「言っとくが、マジで止まらないからな。さっきは三回で終わらせたが、たぶん──朝に
なっても終わらない」
「そ、そんなに？　アレは……使うの？」
「使わない。最後は白雪の口と胸で済ませるつもりだが、我慢できずにそのまま……何回
もってことになる」

「う、嘘、そんなにされたら……わ、わたしどうなっちゃうの？」

「知らん。俺をこんなとこに連れ込んだ自分が悪いと思ってくれ」

湊は凄みながら、白雪と身体を密着させる。

彼女の柔らかい肌の感触とぬくもりが伝わってくる。

「そ、そんな……も、もうパンツ越しに当たって……こんなになってるの……！」

「すぐにパンツ越しじゃなくなる。まず一回ヤらせてもらってから口を使わせてもらって一回、そのあと胸でも一回だな」

「む、胸は……わたしのおっぱい、Dカップで……挟めるほど大きくないの」

「Dあれば充分だ。なんとでもなる。この柔らかさをちゃんと味わって、ここでもフィニッシュさせたい」

湊はぐにぐにと白雪のおっぱいを揉みながら言う。

自分でもなにを言ってるのかと思うが、もう止まらない。

「週末で休みで、葉月たちにも連絡してあるからな。誰の邪魔も入らずに楽しめるんだよ、ずっと。食い物も白雪が買ってきてくれたからな、メシを食う以外はひたすら白雪にヤらせてもらいたい！　今度はこっちからお願いする。いや、俺がヤらせてくれってお願いして許してもらうのが一番燃えるんだよ」

思えば、白雪には彼女のほうからヤってほしいと頼まれてきた。

だが湊は、自分から女友達にお願いしてヤらせてもらうやり方がしっくりくる。

「も、燃えちゃうの……んっ、んむむ……」

湊は白雪に乱暴にキスして、たっぷりその甘い唇を味わう。

「は、はぁ……わ、わたし、こ、壊れちゃうかも……」

「壊れるくらいヤりまくろう。二日や三日はヤらせてもらい続けて……何回か数え切れなくなるくらい白雪の口にも胸にも……ここにも、容赦せずにヤってヤってやりまくる！」

湊はパンツの上から指で軽く押すようにしてみる。

「はぅん♡」

ぷにっ、と柔らかな感触がする。

もう何度も楽しませてもらったが、まだまだいくらでもヤらせてもらいたい。

「それじゃあ……白雪が快感で壊れるくらい、俺が枯れ果てるくらい、何回も何回もヤりまくらせてくれ！」

「そ、そんなに!?　そんなにわたしと遊んでくれるの……？」

「いいのかよ」

湊はこりこりと白雪の乳首をつまんで転がしながら、ツッコミを入れる。

どうやら本人の――女友達の許可はもらえたらしい。

ならばもう、止まる理由はない。

白雪は友達の湊を独占し、自分だけのものにしたがっている。
ならばそれに応え、心ゆくまで遊んでやればいい。
白雪は湊の手には負えないが、少しだけ彼女を抑え込むことくらいはできる。
それで彼女を救ったことになるかはわからないが——
これでいい、湊は白雪と遊びたいと願い、彼女もそれに応えてくれたのだから。
湊は白雪の細い身体にのしかかり、優しくキスをして彼女の胸を揉みながら、あらため
て、一回目を始めることにした——

9 女友達はみんな友達になりたい

Onna Tomodachi ha Tanomeba Igai to Yarasete kureru

外から人の話し声や、車の走行音が聞こえてくる。

真冬の午前中は冷え込むが、天気もよく気分は悪くない。

「おお、ウトウトしてたな……」

湊は身体を起こし、頭を押さえる。

まだ眠気はかなりあるものの、身体は問題なく動かせる。

「すー……すー……」

隣ではパーカーをはだけた白雪が、小さな寝息を立てている。

ひたすらに彼女の身体をむさぼり、立て続けにヤらせてもらったので、ダウンしてしまったようだ。

「まずは連絡しておかないと。悪いな、白雪」

湊はその白雪のパーカーを漁らせてもらい、ポケットからスマホを取り出した。

白雪のスマホはローテーブルに置かれているので、これは湊のスマホだった。

どこに隠されたのだろうと考えていたが、ヤらせてもらっている間に、パーカーの中に固いなにかが入っているのは気づいていた。

「もうあいつも起きてるだろうし、いいよな。よし……」

湊はスマホを操作して連絡を済ませて——一応、スマホを白雪のパーカーに戻しておく。

あとは待つだけだ——

湊は白雪と並んで布団の中に潜り込み、ぎゅっと彼女を抱き寄せる。

ちゅっとキスしてから、またピンクのパンツをズラして——

「ま、いくらでもヤらせてくれる許可はもらってるからな。寝ててもいいだろ」

湊は身体は疲れ切っているが、これだけ可愛くてエロい白雪が隣にいるのに、我慢できるはずもない。

「ん……また、なの……？」

「ああ、ちょっと一回だけヤらせてくれ」

「好きにしていいの……んっ、あっ……」

白雪は夢うつつで応えながらも、身体はしっかりと反応している。

もう何度も味わわせてもらったが、頭が痺れるほど気持ちがいい。

「あっ、はっ、んっ……ん、んーっ……」

小さな声であえぐ白雪も可愛く、湊は勝手に彼女の身体を楽しませてもらい——

結局二回もヤらせてもらってから、やっと一息ついた。

「ふぅ……最高だった……」

「はぅん……♡」

湊がつぶやくと、白雪も気持ちよさそうな甘えたような声を上げて、抱きついてきた。

その華奢（きゃしゃ）な身体を抱き寄せ、湊はまた襲ってきた眠気に素直に身を任せる。

そして――


「湊っ！　湊、いるんでしょ！　開けて！　つーか開けろ！」

ダンダン！と強めに玄関ドアがノックされ、女性の大声が響いた。

誰の声なのか確かめるまでもない。

「えっ、なに？　な、なに……？」

白雪が身体を起こし、ぼんやりと玄関ドアのほうを見ている。

「葉月（はづき）さん……？」

「ああ、お迎えが来た。白雪、ひとまず遊びはここまでだ」

「……わたし、遊ばれたの？」

「その言い方は語弊があるな」

二人で遊んだのだから、湊が一方的に悪いことをしたように言われるのは心外だった。

とはいえ、白雪を騙すようなマネをしたのも事実——だがそれも仕方ない。

まだ湊と白雪の遊びは、終わったわけではない。

楽しい遊びはそう簡単には終われない。

「俺は女友達との問題は、楽しく遊んで解決することにしてるんだよ」

「……………？」

白雪はまだ疲れ切っているようで、ぼんやりしている。

彼女には悪いが、もう少し付き合ってもらわなければならない——


湊の自宅マンション——その自室。

ベッドと机とＰＣくらいしかなく、たいして広くもない部屋に湊は戻っていた。

そして、部屋にいるのは湊だけではない。

「まったく信じられないよね」

「そうですね、こんなことがあるなんて」

「私もミナといるとびっくりすることばかりだ。葉月さんたちは慣れてるようだが、まだ私は本気で驚いてるぞ」

葉月が湊のベッドにあぐらをかいて座り、瀬里奈はベッドに腰掛け、伊織はベッドのそばに腕組みして立っている。

湊が葉月に連絡して救出に来てもらって自宅まで帰り、そのあとすぐに瀬里奈と伊織も湊家に合流してきたのだ。

瀬里奈と伊織は葉月から連絡を受け、湊の身を心配して駆けつけてくれたそうだ。

帰ってきたばかりで、葉月たちは三人ともまだコートすら脱いでいない。

「その、わたし……なにをされるの？」

もちろん、白雪も救出された湊とともに連れ出されてきた。

白雪は部屋の真ん中のあたりに正座している。

彼女は自宅で着替えだけして、いつものピンクブラウスに黒のミニスカートという地雷系ファッションだ。

普段の私服姿と違い、黒いマスクを着けている。

湊や葉月たちと合わせる顔がないからと着けたそうだ。

白雪は〝拉致監禁の犯人〟として取り調べが始まると思っているらしい。

湊を監禁して脅してきたときの恐ろしい姿はどこへいったのか、怯えているようにも見える。

「なんか白雪ちゃん、生まれたての子犬みたいにおとなしくなっちゃったね」

「湊（みなと）さんと遊びすぎて……もうどうにでもしてほしいの」

白雪（しらゆき）は、ぼそりと言って。

「もう一生分遊んだ気分なの……湊さん、女友達と遊ぶのが好きすぎるってことは充分にわからせられたの」

「……わからせ方がエグい」

葉月（はづき）が湊をじろっと睨（にら）んでくる。

ちなみに湊は、自室のドア前に立って、女性陣とは少し離れたところにいる。

「あたしらもなにをしてたのか、具体的に訊（き）きたいんだけどね。丸一日以上……うん、二晩って言ったほうがいいのかな？」

「金曜の夜、土曜の夜にずーっと湊くんと二人きりで遊んでいたのですよね」

「二人とも時間の感覚がなくなっているかもしれないが、今はもう日曜の昼すぎだぞ」

「……ああ、二晩も経（た）ってたの……ずっと湊さんにヤらせてあげてたから、時間がわからなくなってたの」

「ふ、二晩もヤりまくってたって……!?」

白雪の言葉に葉月がぎょっとしている。

「ご宿泊二日なんて……え、えっちです……」

「ご宿泊というと余計にいやらしくないか？」

瀬里奈は顔を真っ赤にしていて、伊織は呆れたような表情だ。

「湊さんがわたしを女友達として大事にしてるっていうのはわかったの。あれだけ夢中で激しく責めてきて……だから、よーくわかったの」

「それって、単に白雪ちゃんが可愛くてエロいからじゃ……まあ、湊の場合は白雪ちゃんの理解で間違ってないのかな」

「どうだろうな……ミナの友情は性欲とセットだからな。わ、私たちもそうだが……」

葉月と伊織は顔を見合わせて考え込んでいる。

「葉月さんたちも、湊くんを大事にしてるのはわかったの。わたしみたいなヤバい女の家に乗り込んでくるくらいだし」

「ヤバい女なんだ……いえ、金曜の夜からおかしいとは思ってたんだよね、あたしらも」

葉月はそう言って、あぐらをかいた脚の膝をパンと叩く。

「おかしい？　俺、葉月たちに白雪の家に泊まり込みで遊ぶって連絡しておいただろ？」

「だが、ミナと白雪さんの家はそう遠くないだろう。だったら、ミナの行動としては不自然すぎる」

「は？」

湊は首を傾げる。

自分の行動のどこが不自然だったのか、心当たりがない。

「湊なら、泊まりがけで白雪ちゃんの家で一晩中ヤらせてもらうとしても、途中で抜け出して家に戻って、あたしにもヤらせてって言うでしょ？」

「いやいや、金曜の夜は穂波と泉さんも葉月ん家にいたんだろ⁉」

「だったら、隙を見てあたしと麦だけ連れ出して三人でヤりたがるでしょ」

「そ、そこまでがっつくかな、俺？」

「がっつかないとでも？」

「………………」

葉月に睨まれ、湊はぷいっとそっぽを向く。

残念ながら葉月の推測は正しいが、認めるのも気が引ける。

「そうですね……少なくとも、二日以上も一人としか遊ばないなんてありえませんね。湊くんなら絶対に、私か葵さんか翼さんとヤ……遊びたがるはずです」

瀬里奈も、さすがにもう湊のことは十二分に理解しているようだ。

「まさか、監禁されてるとは思わなかったけどね……やるなあ白雪ちゃん」

「や、やるなあ？　わたし、湊さんを閉じ込めたのにそれだけで済ませるの？」

「どうせ、本当は逃げられるのに湊が閉じ込められてるのをいいことにヤりまくってたんじゃないの？」

「葉月、俺をなんだと思ってるんだ。完全にそのとおりだけど」

「そのとおりなのかよ！　適当に言っただけなのに、この男はもう……」

葉月はがっくりとうなだれている。

「湊くん、予想を軽く乗り越えていくところが楽しいんですよね」

「瀬里奈さん、いいように言いすぎだ。まあ、ミナが面白いことは私も認めるが」

女友達三人は、言いたい放題だった。

だが、愛想を尽かされたわけではないようなので、湊は安心する。

「とりあえず、みんな状況は理解したようだな。じゃあ、最後の仕上げをさせてもらっていいか？　葉月、瀬里奈、伊織、それに……白雪」

湊が女子たちに呼びかけると、彼女たちは一斉に湊のほうを向いた。

「俺にとって白雪は大事な女友達だ。そこはわかってもらえたみたいだが……それだけじゃ足りないよな。俺だけじゃダメなんだ」

「え？　ど、どういうことなの？」

白雪が戸惑い、目をぱちぱちさせる。

「ま、そんなことだろうと思った。湊が救出をお願いしといて変な頼み事も付け加えてたからね。監禁されてたなら、もっと焦れっつーの」

葉月はすべてを理解していたようで、苦笑している。

「え？　え？　なに、なんなの？」

まだ戸惑っている白雪の前で――

葉月は着ていたコートを脱いで床に放り投げた。

「あ、あれ？　葉月さん？　それって……？」

「あー、ちょっと恥ずいかも。あたし、こういうの着るガラじゃないんだよね」

葉月がコートの下に着ていたのは――

ヒラヒラがついた白のブラウス、胸元に黒のリボン、それに黒のミニスカート。

いわゆる地雷系ファッションだった。

「私、こういうの似合うでしょうか……？」

瀬里奈もコートを脱ぎ、その下には――黒を基調としたワンピースタイプで、清楚な雰囲気も漂わせる地雷系ファッション。

「最後まで隠しておこうかと思ったが、二人が見せるなら私も……」

同じくコートを脱ぎ捨てた伊織もまた、赤のブラウスに黒のリボン、黒のミニスカートで、こちらも地雷系ファッションだ。

「な、なんでみんな、わたしの色違いみたいになってるの？」

「ていうか実際、ほぼ色違いだよね。急いで買ったから、あんまり選ぶ余裕がなくて」

葉月はそう言うと、ベッドから下りてくるりと回ってみせた。

ミニスカートがふわりと舞う。

「どう？　意外と悪くないよね？」

「あ、ああ。葉月はガラじゃないってことはないだろ。似合ってる」

茶髪で元から目立つ葉月には、派手な地雷系ファッションはよく似合う。

「瀬里奈も黒ずくめは意表つかれたけど、清楚な感じも残ってていいな。伊織は、ちょっとパンクな雰囲気出てて似合う」

「そ、そうですか。あ、ありがとうございます……」

「パンクって……私が一番似合わないと思ってたが、ミナが言うなら信じよう」

瀬里奈はベッドから下り、伊織も移動して、葉月の左右に並ぶ。

地雷系ファッションの美少女が三人揃って立っている光景は、かなり圧巻だった。

「湊に頼まれたんだよ。どうやったらあたしたちも、白雪ちゃんと仲良くなれるか考えてほしいって。白雪ちゃん、ファッション好きだし、服装合わせるのはアリかなって」

「み、湊さんがそんなこと……葉月さんたちもわざわざ……」

白雪は意外すぎる成り行きにまだ驚き続けているようだ。

湊一人では白雪を少し抑え込むだけで精一杯なら、友達に手を貸してもらえばいい――思いつけばあとは電話をかけるだけでよかった。

湊が一人で考えても、ファッションを合わせるなどという方法は思いつきもしなかっただろう――同性の友人ならではのアイデアだった。

「ねえ、白雪ちゃん」

「えっ、ふえっ？」

葉月は座っていた白雪を立たせ、よく似た服装の四人で並びながら話しかけた。

「あたしらだってさ、白雪ちゃんとも仲良くなりたいんだよね。友達の友達——っていうほど遠い関係でもないよね、もはや？」

「そ、そうなの……？」

白雪は湊のほうに視線を向けて、問いかけてくる。

湊は、こくりと一つ頷いて——

「葉月なんか、そもそも白雪と知り合ったの俺と同時だしな。瀬里奈にはこれから勉強で世話になるわけだし、伊織なんかずっと会長として世話を焼いてくれてるし。これで友達じゃないってほうが変じゃないか？」

「友達とお揃いのコーデなんて当たり前だしね。この服可愛いし、白雪ちゃんと合わせるともっと可愛い」

葉月はミニスカートをぺろっとめくり上げて太ももをあらわにする。

「言っとくけど、湊に言われたから無理に白雪ちゃんに合わせたんじゃないよ？　あたしらも友達とオソロのコーデしてみたいんだから」

「そ、そうですね。少し恥ずかしいですけど……楽しいです」

「私はだいぶ恥ずかしいが……ヒラヒラしたこういう服、着てみたかったから……でも、みんなには内緒にしてくれ！」

それぞれ反応は違うが、葉月と瀬里奈と伊織は、この地雷系ファッションを楽しんでいるらしい。

「みんな、私のお友達……葉月さんも瀬里奈さんも会長くんもなの……？」

「ちなみに好きに呼んでいいよ。あたし、ちょい前からちゃん付けしてるけど、それもやめようか。舞音(まいん)って呼んでいい？」

「私もお好きに呼んでいただいて……私は舞音さんで」

「私は〝会長〟以外ならなんでもいいぞ。こっちはマイ、にしておくか」

「う、うん……えっと……葵(あおい)ちゃん、瑠伽(るか)ちゃん、翼(つばさ)ちゃんで……」

白雪は三人に立て続けに言われて勢いに押されたようだが、呼び名を決めたらしい。

「つ、翼ちゃん……ま、まあいいか」

伊織だけ、やや引っかかりがあったようだが、受け入れてくれたようだ。

「じゃあ、そういうことで――白雪、葉月、瀬里奈、伊織。せっかく地雷系ファッション着てくれてるんだし」

「あ、こいつ」

「湊くん……」

「ミナ……」

「え、まさか？　あれだけ私のお口にも胸にも……そ、それに……何回も何回も、数え切れないくらいだったのに……ま、まだするの？」

「当たり前だろ。みんな、地雷系の服のままヤらせてくれ！」

湊は全力で四人の女友達に頼み込む。

地雷系ファッションの女友達四人にまとめてヤらせてもらえるチャンスは逃せない。

こんな機会は何度もないだろうから、今日のうちに楽しませてもらいたい。

「はー、こいつはいつもどおりだよね……それなら主役は舞音ね」

葉月が白雪の両肩を掴み、湊のベッドに寝転ばせる。

寝転んだはずみで黒のミニスカートが乱れ、その下にはいていた明るいピンクのパンツがあらわになる。

「あれ？　前は気づかなかった。舞音、太もものトコ……タトゥー入れてんの？」

「あ……」

白雪が不安そうな顔になる。

タトゥーのことをどう思われるのか心配なのだろうが——

「うわっ、可愛い！　これ蝶だよね！　すっげー似合ってるじゃん！」

「あ、本当です。綺麗な蝶々ですね」

「タトゥーか……まあ、ここなら普段は見えないし、問題はないか。可愛いな」

「え、みんな……驚かないの？」

「びっくりしたけど、似合ってるし可愛いからいいんじゃない？」

「………………っ！」

葉月が白雪の疑問に代表して答えると——白雪は、一瞬泣きそうな顔になった。

「あたし、こういうの可愛いと思うけど痛そうで入れる度胸はないからなあ。舞音、凄いね。やるじゃん」

葉月がニヤッと笑って言うと——

「……ふぇっ、うっ、ううぅ……」

白雪は瞳を潤ませ、ぐすぐすと泣き始めた。

「え？　舞音、なんで泣いてんの？　あたし、まずいこと言った？」

「な、なんでもないの。全然、まずくなんてないの、葵ちゃん」

白雪は涙をぬぐい、恥ずかしそうに脚をもじもじさせている。

タトゥーは自分の意思で入れたものだが、コンプレックスにもなっていたらしい。

それを葉月たちにあっさり受け入れてもらえて、嬉しいのだろう——

湊も自分のことのように嬉しくなり、うんうんと頷く。

「あ、パンツも可愛い。つーか、舞音、センスいいよね」

と思ったら、葉月が今度は白雪の下着にも興味を示している。

「舞音さん、下着まで可愛らしいです……私のなにかが目覚めそうです……」

「私には似合わない下着だな……今日は、その縞パンというヤツにしてみたんだが」

「あっ、翼くんも可愛いのはいてる！　瑠伽は⁉」

「葉月さん、いきなりめくるな！」

「きゃっ……わ、私はいつもどおり白です……」

葉月は伊織のスカートをめくり、瀬里奈のスカートももう一方の手でめくり上げた。

「それじゃ、葉月のパンツは俺が確認するか……おっ、珍しく赤か。派手だな」

「あんっ、こら。湊、いきなりスカートめくらないの！」

ベッドに寝転んだ白雪は明るいピンク。

湊にスカートをめくられている葉月は赤、葉月にスカートをめくられている瀬里奈は白、伊織は水色と白の縞模様。

四人の女友達は、みんなパンツまで可愛い。

「おお、今日のパンツは特に可愛くて最高だな……！」

湊は思わず感激の声を上げてしまう。

可愛い女友達四人の可愛いパンツを四枚も同時に見られるのだ。

これで喜ばないはずがない。

「ちょっと、そんなパンツをガン見しないの。ていうか、今日は舞音が主役ってことでいいよね？　地雷系ファッションが一番似合うのはやっぱ舞音だしね」

「しゅ、主役？　主役ってなにするの？」

「湊、どうすんの？」

「そうだな……」

湊もベッドに乗り、寝転んでいる白雪にのしかかるような体勢になる。

「このマスク、外していいか」

「う、うん……」

白雪が頷くと、湊は黒マスクをズラし、ちゅっとキスして胸を軽く揉み——

「まずは白雪に二回ヤらせてもらう。もちろん、葉月のGカップも瀬里奈のDカップも、伊織のFカップも揉んだり吸ったり、あとキスもさせてもらいながら！」

「どんだけ贅沢なの、あんた!?」

「この状況で三人にも楽しませてもらえないのは拷問だろ」

「そ、そうだろうか？　マイにヤらせてもらえるだけで……いや、まあ私たちとしても放っておかれたら困るな……」

葉月と伊織が苦い顔をしている一方で——

「あの、一つ訂正があります……」

「なんだ、瀬里奈？」

「実は私、最近成長したみたいで……でぃ、Dじゃなくて……Eになってしまったみたいなんです。すみません……」

「なんで謝るんだよ」

瀬里奈の、軽く手を挙げながらの訂正に、湊は驚く。

そういえば、瀬里奈の胸の揉み心地が少し変わっていたような気はしていた。

高一の終わりになって、そんなに成長しているとは——

「あれ、ということは……」

「ひゃんっ♡」

湊は白雪のピンクブラウスの前をはだけさせ、その下のピンクブラジャーも上にズラして、おっぱいをぷるんっと露出させる。

「白雪のおっぱいがDカップだったよな……」

「んんっ♡　そ、そうだけど……どうしたの？」

湊は白雪の可愛い乳首をぺろぺろ舐めてから——

「白雪がD、瀬里奈がE、伊織がF、葉月がGでなんか順番になっちゃったな」

「そのおっぱいを一人で楽しめちゃう湊、やっぱ贅沢すぎるよね」

葉月も、白ブラウスの前を開け、赤いブラジャーに包まれたGカップを見せてくる。

「私はこれ以上成長したら困るぞ……あまり刺激を与えられて大きくならないように、優しく揉んだり舐めたりしてほしいかも」

「私はEで止まると思いますけど……湊くんに毎日揉まれていたら、わかりませんね」

同じく伊織と瀬里奈も、ブラウスの前を開け、ブラジャーを見せてくれる。

この様々な大きさのおっぱいも同時に楽しめるとは——ますます湊の興奮が止まらなくなってしまう。

「よし、三人もこっちに。ああ、これでいいか」

「んっ、んむむ……み、湊くん……んっ♡」

湊は白雪にのしかかったまま、ベッドのそばに立つ瀬里奈とキスして。

さらに、葉月と伊織に左右に寄り添ってもらい、彼女たちを抱き寄せ、片手で葉月のGカップ、伊織のFカップをぐにぐにと揉みしだく。

「あんっ、マジで贅沢すぎ……♡」

「ミ、ミナ……あっ♡」

瀬里奈の唇を味わい、葉月と伊織のおっぱいを揉みながら、白雪のほうを向く。

「白雪、いいよな……？」

「こ、こんな四人でなんて……わ、わたし、まぜてもらっていいの？」

「だから今日は白雪が主役だって」

湊は屈んで、白雪のおっぱいにしゃぶりつき、乳首をちゅるちゅると吸って。

「み、湊くん、こっちも……んっ♡」

また顔を上げると瀬里奈と唇を重ね、舌を吸い上げる。

「もう、変に器用だよね、湊は。瑠伽の唇と舞音のおっぱいを交互に吸いながら、あたしらのおっぱいも揉んでるんだから♡」

「わ、私、乳首をつままれて……あんっ、ミナの触り方、エッチだよ……♡」

「こうやって四人にヤらせてもらって、みんなで仲良くなるんだよ」

湊はまた白雪にキスしながら言う。

「湊だけ得してるような……いいけどね。これで、間違いなく舞音とも仲良くなれるし」

「舞音さん、可愛いです……私もキスしたいくらいで……」

「私はそういう趣味はないぞ、マイ。でも、私の胸で興奮してるミナが、マイとしてるの、見てみたい気はする……」

「湊さんと、葵ちゃんと瑠伽ちゃんと翼ちゃん……み、みんなでヤれるの……う、嬉しいかもしれないの……だから、どうぞ♡」

白雪は黒のミニスカートを大きくめくり上げ、明るいピンクのパンツをあらわにする。

「だからみんなと一緒に……あ、遊びたいの。湊さん、もう来てほしいの……」

「ああ、まずは白雪と三回ヤらせてもらう」

「あれぇ、さっきより一回増えてるの⁉」

白雪は驚いているが、あとの三人はよくあることなので気にも留めていない。

なんにしても、三回でも済まないことも葉月(はづき)たちはよく理解しているはずだ。

「あとは葉月と瀬里奈と伊織(いおり)に一回ずつヤらせてもらってから、また白雪に戻って——そこからは流れで」

「流れ⁉　私、流れで何回もヤられちゃうの⁉　そ、そんなに遊んでもらっていいの⁉」

白雪は驚きつつも喜んでいるようだ。

湊は冗談を言っているわけではなく、白雪とまず三回——いや、満足いくまでヤらせてもらってから、葉月たちとも楽しませてもらう。

四人の女友達と、グチャグチャにまざり合いながらひたすら遊び続けたい。

「あっ……♡」

白雪の唇から、可愛い甘い声が漏れ出る。

湊はもっと白雪に声を上げてもらい、葉月も瀬里奈も伊織も楽しませたい。

四人の女友達と五人で遊び続ければ、きっと白雪も誰が一番かなどと気にしなくなる。

もう止まることはない。

ここから、湊と四人の女友達の友情は固く結ばれていくだろう——

エピローグ

「おはよー、湊さーん、葵ちゃーん」

「おっ、白雪」

学校の校門近くで、後ろから白雪が追いついてきた。

ピンクのツインテールを揺らし、湊たちのそばまで来るとにっこり笑った。

「今日はいつもより早いね、舞音。だいぶ早起きできるようになったじゃん」

「頑張ったの。まだ、あったかいお布団の誘惑は手強いけど、遅刻できないし」

「えらいえらい」

湊の隣を歩いていた葉月が声をかけ、白雪と手を繋いできゃっきゃとはしゃいでいる。

「この調子なら進級できそうじゃん。頑張れ！」

「葵ちゃんもテスト頑張るの！」

「それは言わないで！」

「葉月はテストから逃げるなよ……」

そんなことを話しつつ、湊たちは校舎への道を歩き、靴箱の前に到着する。

そこには黒髪ショートの生徒会長がいて、上履きに履き替えているところだった。

「おお、おはよう。マイ、今日も早いな。偉いぞ」

「おはよう、翼ちゃん」

「……まあ、その格好は許すか」

「うん♡」

白雪は今日もぶかぶかの黒パーカー姿だ。

ただし黒マスクはやめて、胸元も学校指定のネクタイになっている。

これが白雪にとっての最大限の譲歩だったらしい。

「一応、パーカーの中は校則通りの制服姿だしな。上着は華美なものはダメ、としか書いてないからＯＫだろう」

「そうそう、湊さんの言うとおり」

湊が念のためにフォローすると、白雪はうんうんと嬉しそうに頷いた。

ぶかぶかで紫のラインが入ったパーカーが華美かどうかは意見が分かれるところだが、伊織が学校側をなだめてくれているらしい。

優秀な生徒会長は、少なくとも白雪の進級が決まるまでは頑張ってくれるだろう。

来年度から、伊織がどう出てくるかはわからないが……。

用事があるという伊織と一階で別れて、一年生のフロアまで上がっていく。

「おはようございます、湊くん、葵さん、舞音さんも」

今度現れたのは、瀬里奈だった。

早めに登校していたようで、手には花が入った花瓶を持っている。

教室に飾っている花瓶の水を入れ替えていたらしい。

「お、おはようございます、瑠伽さま……」

「ご機嫌麗しゅうございます、お嬢様……」

「瑠伽さま!?」

「ま、舞音さん!? ど、どうしたんですか？」

瀬里奈が慌てて白雪に近づこうとすると、白雪はささっと湊の後ろに隠れてしまう。

「あー、そういや昨日から瀬里奈に勉強教わってるんだっけ。優しく教えてもらったんじゃなかったか？」

「その優しさが怖いの。裏側になにかドス黒いものを秘めていそうで……」

「なにも秘めていませんよ!?」

瀬里奈には大いに心外だったようだ。

「と、とにかく、さま付けはやめてください。もう少し表に厳しさを出してみますから」

「厳しさはいらないの」

「……さじ加減が難しいですね」

瀬里奈は本気で悩み始めているようだ。

湊は白雪が面倒くさいことはよくわかっているので、今さら驚きはないが。

「というか、白雪だってけっこう怖いじゃないか。ほら、あのとき――」

「あ、あれは黒歴史だから掘り返さないでほしいの！」

「もう黒歴史化したのか。ついこの前の話だぞ……」

普段とまるで違う口調で湊を脅した白雪は、早くも歴史の彼方に消えたらしい。

湊としても、もう白雪に恐怖を覚えるのは勘弁なので、消えてくれてありがたい。

「そのお話、とても気になりますけど……」

「き、気にしないで、瑠伽ちゃん。とにかく、わたしは弱い生き物だから優しくして」

「舞音、大丈夫だって。瑠伽はガチで親切なだけだから。だいたい、瑠伽の言うとおりにしてたら試験はクリアできるって」

「そ、そうなの……？　うん、頑張ってみる」

葉月が口を挟んできて、ようやく白雪は教師役の瀬里奈を信じることにしたようだ。

まだやることがあるという瀬里奈と別れ、教室のほうへ歩いて行く。

「翼くんは生徒会忙しいし、瑠伽も暇じゃないから、なかなか五人で会えないよね、そういえば」

「あー……それなんだよなあ」

湊はちらっと白雪に目を向ける。

「五人で揃わないと私、ヤらせてあげられないの」

「………」

白雪は、ぼそっと周りに聞こえないようにつぶやいている。

先日の湊と、葉月・瀬里奈・伊織・白雪の五人での遊びは日曜の夜まで長々と続いた。

白雪だけでも五回以上ヤらせてもらったのは間違いない。

他の三人も、確実に三回はヤらせてもらったし、口や胸を使わせてもらった回数を含めると、もう本当に数え切れない。

「私、あの遊びが楽しすぎたから。他のやり方だと……あまりヤる気になれないの」

「参ったなあ……あんな派手なやり方、なかなかできないのに」

あの日以来、五人で揃う日以外は白雪にヤらせてもらえていない。

もちろん葉月とはほぼ毎日朝と夜にヤらせてもらっているし、瀬里奈や伊織とも三日に二日はヤっている。

穂波は遊び回っているのでなかなか捕まらず、五日に一回という少ないペースだ。

茜とはまだ、昼休みにパンツを見せてもらい、おっぱいで楽しませてもらっているだけの関係だ。

ただ、その茜も「そろそろセリと一緒なら、ヤらせてあげてもいい……」と言っている。

明日あたり、瀬里奈と茜にお願いしてヤらせてもらう予定だ。

「おっ、麦とサラだ。おーっす」

葉月が廊下にいた穂波麦と泉サラの二人を見つけ、駆け寄っていく。

湊は一応、今でも白雪を教室まで送っているので、ひとまず二人で歩いて行く。

「あ、そうだ。湊さん」

「うん？」

白雪が思い出したようにつぶやき、湊の耳元に口を寄せていく。

「手錠を使っていいんだったら、一対一でもいいの♡　わたしが縛られても、湊さんが縛られても、どっちでもおっけー♡」

「変なプレイに目覚めてる⁉」

湊は手錠拘束プレイに興味があるわけではないが――

白雪のほうは、あの三日足らずの監禁生活で新たな性癖の扉が開いたらしい。

本気で監禁プレイも研究しなくてはならないのか、と湊は意識が遠くなりそうだった。

「まあ、もっと白雪にヤらせてもらいたいからな。遊び方は考えよう」

「うんっ、もっと遊んでほしいの♡」

白雪はニコニコと笑っている。

今もまだ情緒不安定な彼女だが、笑顔はとても可愛い。

「俺や葉月たちはもちろん普通に遊ぶけど、あっちもな」

「……………うん、頑張ってみるの」

既に白雪の教室前に着いていた。

その教室前の廊下、窓際に小柄な少女がいて、スマホをいじっている。

「行ってこい、白雪。俺も一緒に行くか？」

「ううん……一人で大丈夫、なの」

白雪は頷くと、ゆっくりと歩いて行き――

「あ、茜――沙由香ちゃん、おはよう」

「おはよう、シロ」

茜沙由香が振り向き――ほんの少しだけ笑いながら挨拶を返してきた。

白雪は同じクラスの茜に挨拶ができるようになり、クールな茜が微笑を浮かべて愛称で呼んでくれる関係にはなっている。

ここから頑張って、白雪は茜と友達になっていくのだろう。

湊はそれはもう、ただ見守ろうと思っている。

「や、やった、やったの。ちゃんとご挨拶できたの」

「ああ、よくやった」

湊は笑って白雪に近づき、頭を撫でてやる。

やはり、怖い白雪より、こんな風に子供っぽい彼女のほうが可愛い。

「沙由香ちゃんと仲良くなれたら、今度は五人から六人に増えるしね……頑張るの」

「そういう動機で頑張るのか⁉」

だが、湊としても茜も一緒に遊べるのは願ってもない。

白雪が女友達になって、また新たな女友達にもヤらせてもらえるようになるのなら、嬉しい。

「頑張る、わたし友達いっぱいつくって頑張っていくの」

「ああ、友達はいいもんだろ」

白雪は微笑み、湊も彼女に笑顔を向ける。

友達がいなくて学校にも行っていなかった彼女が、今はこうして学校で友達と笑い合っている。

湊は今回の白雪とのことで女友達との友情を深め、友人たちとの輪の中に白雪も入ってきて、全員にヤらせてもらって――

さらにこれからも女友達に頼んでヤらせてもらい、もっともっと白雪とも、みんなとも仲良くなっていけることだろう。

あとがき

どうもこんにちは、鏡遊（かがみゆう）です。

前巻から引き続き、完全書き下ろしの4巻です。

もちろん内容は担当さんとの熱い打ち合わせで決めたのですが、打ち合わせで決まった話と一ミリもかぶっていないプロットを提出したらなぜかOKが出ました。

今時珍しいくらい、とても大らかな進行で作られている作品です。

そんな4巻は、まさかの地雷系ヒロイン登場です。

白雪舞音（しらゆきまいん）もカクヨム版には影も形もなかったキャラです。3巻までのヒロインたちは湊（みなと）より格上感がありましたが、白雪は依存してくるタイプで新たな関係が築けているかなと。

地雷系はラノベや漫画で目にする機会は多いですが、具体的な定義は難しいですね。ヤバさは必要でしょうけど、可愛（かわ）くなくなると意味がないので。特に『女友達』では。

ウチの子は依存強めで、子犬のように甘えてくるヒロインとして生まれてくれました。

あと、服装は地雷系のベタな感じで。やっぱりこの服を一度脱がしてみたかっ——じゃない、可愛く描写してみたくて。そして小森（こもり）先生のイラストのおかげで、見た目も中身も新たな女友達として、〝お願い〟したくなるヒロインに仕上がったのではないかと。

読者のみなさんも、地雷系の女友達との遊びを楽しんでいただけたら！

ろくろ先生のコミカライズも好評連載中、単行本も2巻まで発売中ですよ！

だいぶ攻めた内容になっていて、色んな意味でドキドキです！　こちらも読んでいただけたら嬉(うれ)しいですね！


小森くづゆ先生、今回もありがとうございます！

白雪の制服のほうはほとんどお任せでお願いしたのですが、思った以上に可愛い服装になって嬉しかったので、制服着用シーンをさらっと増やしたほどです。

担当さま、編集部のみなさま、今巻もありがとうございます。

この本の販売・流通に関わってくださったすべての皆様に感謝いたします。

そして書籍版・カクヨム版、両方の読者様に最大限の感謝を！

それでは、またお会いできたら嬉しいです。

二〇二四年春　鏡遊

女友達は頼めば意外とヤラせてくれる4

著　鏡遊

角川スニーカー文庫　24185

2024年6月1日　初版発行
2024年12月20日　再版発行

発行者　山下直久

発　行　株式会社KADOKAWA
〒102-8177 東京都千代田区富士見2-13-3
電話　0570-002-301（ナビダイヤル）

印刷所　株式会社KADOKAWA
製本所　株式会社KADOKAWA

◆◇◇

●お問い合わせ
https://www.kadokawa.co.jp/（「お問い合わせ」へお進みください）
※内容によっては、お答えできない場合があります。
※サポートは日本国内のみとさせていただきます。
※Japanese text only

Printed in Japan　ISBN 978-4-04-115072-6　C0193

★ご意見、ご感想をお送りください★
〒102-8177 東京都千代田区富士見 2-13-3
株式会社KADOKAWA　角川スニーカー文庫編集部気付
「鏡遊」先生「小森くづゆ」先生

性悪天才幼馴染との勝負に負けて

初体験を全部奪われる話

犬甘あんず
INUKAI ANZU

ILL. ねいび
NEIBI

第28回
スニーカー大賞
金賞

魔性の仮面優等生×
負けず嫌いな平凡女子

甘く刺激的な
ガールズラブストーリー。

負けず嫌いな平凡女子・わかばと、なんでも完璧な優等生・小牧は、大事なものを賭けて勝負する。ファーストキスに始まり一つ一つ奪われていくわかばは、小牧に抱く気持ちが「嫌い」だけでないことに気付いていく。

スニーカー文庫